O DESERTO E SUA SEMENTE

JORGE BARON BIZA

O deserto e sua semente

Tradução
Sérgio Molina

Companhia Das Letras

Grafia atualizada segundo o Acordo Ortográfico da Língua Portuguesa de 1990, que entrou em vigor no Brasil em 2009.

Título original
El desierto y su semilla

Capa e foto
Elisa von Randow

Preparação
Fabricio Waltrick

Revisão
Huendel Viana
Márcia Moura

Dados Internacionais de Catalogação na Publicação (CIP)
(Câmara Brasileira do Livro, SP, Brasil)

Baron Biza, Jorge
O deserto e sua semente / Jorge Baron Biza ; tradução Sérgio Molina. — 1ª ed. — São Paulo : Companhia das Letras, 2023.

Título original: El desierto y su semilla.
ISBN 978-85-359-3518-9

1. Ficção argentina I. Título.

23-155351 CDD-Ar863

Índice para catálogo sistemático:
1. Ficção : Literatura argentina Ar863

Eliane de Freitas Leite – Bibliotecária – CRB-8/8415

EDITORA SCHWARCZ S.A.
Rua Bandeira Paulista, 702, cj. 32
04532-002 — São Paulo — SP
Telefone: (11) 3707-3500
www.companhiadasletras.com.br
www.blogdacompanhia.com.br
facebook.com/companhiadasletras
instagram.com/companhiadasletras
twitter.com/cialetras

À dra. Sylvia Bermann
e à minha tia com nome de tia,
María Luisa Pando de Sabattini

Estás aqui por ti acaricia esta ideia
de carne como a liberdade no vaivém das trevas
não a queimes com o ar da nostalgia
os desejos viajantes o clamor da insubmissão
relampejam não esperam te dão o que te atreves
para que não morras com as velhas feridas.

Estás aqui entre teus irmãos que respondem
no gume da tua audição em páginas que desfolham
a fartura de silêncio
suas belezas te protegem a cada movimento de tuas pálpebras
sua penúria é o enigma admiravelmente próprio
decifra-o com esses lábios separados por sua linha escura
o feixe do sensível a descarga nos membros
purgam tua sorte transtornam teu lugar brotado de novo
no espaço sem consolo és o convidado maior.

Federico Gorbea, 1985

Sumário

I

Nos instantes que se seguiram à agressão, Eligia ainda estava rosada e simétrica, mas minuto a minuto se encresparam as linhas dos músculos do seu rosto, bem suaves até aquele dia, apesar dos seus quarenta e sete anos e de uma arrebitada cirurgia plástica juvenil que lhe encurtara o nariz. Aquele cortezinho voluntário que durante três décadas conferira à sua teimosia um impostado ar de audácia foi se tornando símbolo de resistência às grandes transformações que o ácido estava produzindo. Os lábios, as rugas dos olhos e o perfil das bochechas iam se transformando numa cadência antifuncional: uma curva aparecia num lugar que nunca tivera curvas e guardava correspondência com o desaparecimento de uma linha que até então havia existido como traço inconfundível da sua identidade.

O rosto ingenuamente sensual de Eligia começou a se despedir das suas formas e cores. Por baixo das feições originais gerava-se uma nova substância: não um rosto sem sexo, como Arón pretenderia, mas uma nova realidade, indiferente ao imperativo de se parecer com um rosto. Outra gênese começou a operar, um sistema com leis de funcionamento desconhecido.

Aqueles que a viram todos os dias de agosto, setembro, outubro e novembro de 1964 ficaram com a impressão de que a matéria daquele rosto havia sido completamente liberada da vontade de sua dona e que podia se transmutar em qualquer forma nova, tingir-se dos matizes reservados aos crepúsculos mais intensos e dançar em todas as direções, enquanto, no centro, o vaidoso nariz resistia por ser o único elemento artificial do rosto anterior.

Foi uma época agitada e colorida da carne, tempo de licenças em que as cores, desligadas das formas, evocavam as manchas difusas que os cineastas usam para representar o inconsciente, no pior e mais cândido sentido da palavra. Essas cores foram deixando para trás toda cultura, zombavam de toda técnica médica que tentasse associá-las a algum princípio ordenador.

Enquanto a levávamos do apartamento de Arón para o hospital — no carro de um dos advogados que antes da reunião me garantiram que nada de mau aconteceria —, ela ia tirando as roupas ardentes, encharcadas. Os reflexos das luzes de neon do centro da cidade passavam fugazes pelo seu corpo. Ao irromper na rua dos cinemas, o sinal fechado nos deteve, enquanto uma multidão preguiçosa passeava indiferente às nossas buzinadas. Alguns seres erráticos espiavam o interior do automóvel, sem entender se se tratava de algo erótico ou funesto. As luzes cintilantes e escorregadias lançavam acordes frios sobre os cromados do carro e o corpo de Eligia. No cinema da esquina estavam passando *Irma La Douce*, e o enorme retrato de Shirley MacLaine brilhava orlado de tracinhos vermelhos e roxos que corriam um atrás do outro: Shirley usava uma saia bem curta — naquele tempo característica exclusiva das putas — e uma bolsinha muito esvoaçante.

Eligia não gritava; ela arrancava a roupa e gemia baixo. Eu preferia que tivesse berrado bem alto para que alguns pedestres parassem de sorrir, idiotas ou lascivos, e nos deixassem passar. Mas Eligia só gemia, com a boca fechada, e arrancava as roupas molhadas com ácido, queimando também a palma das mãos, uma das poucas partes do corpo que até então não tinham ardido com a umidade traiçoeira. Uma boa quantidade do ácido que Arón havia jogado em seus olhos — porque sua intenção era deixá-la cega e com a imagem dele gravada como última impressão — Eligia conseguira aparar com as costas das mãos, num rápido movimento de defesa que denunciou a inquietação alerta com que comparecera à reunião, e de início as palmas se salvaram, só para acabarem se queimando assim, durante o striptease ardente no carro que a levava para o pronto-socorro.

Eu não a conhecia muito bem na época, mas sempre senti uma curiosa ternura por ela, tão aplicada, tão trabalhadora, com seus vestidos sóbrios, suas pedagogias. Ela sempre usara o cabelo curto, como uma marca de mulher moderna e para deixar livre o perfil da mandíbula forte e a boca de lábios carnudos. Sempre se pintou com um fino contorno de ruge que disfarçava a sensualidade da boca. No seu rosto original as pálpebras caíam com um peso indolente, mas por baixo os olhos fitavam alertas, com vivacidade. Sempre se orgulhara da sua testa lançada para o alto, que ela procurava alargar ainda mais com o penteado.

Sua face sempre fora o lugar onde com mais evidência se manifestavam sua história, o sangue dos Presotto — pobres imigrantes italianos — e sua obstinada fé na razão e na vontade de saber. Mas os "sempres" do seu rosto estavam se dissolvendo.

Nós dois éramos lacônicos. Durante minha infância, a preceptora polonesa se interpunha em nossa vida cotidiana. Eligia se movimentava à parte, com seus estudos e sua política. Mas na adolescência entendi que nem toda ausência podia ser atribuída à governanta. Já sem ela de permeio, quando nos exilamos em Montevidéu e entrei como interno num colégio alemão onde Eligia ia me visitar alguns fins de semana, as perguntas que eu lhe dirigia ficavam no ar. Ela me escutava, claro, e me sorria de leve ou me olhava inclinando a cabeça, mas não respondia ou só respondia o estritamente necessário, ou respondia com outra pergunta: "Por que você não gosta de humanidades? Você tem aulas de latim neste colégio?", ou "Não sei". Eu recebia essas respostas como figuras incompletas, como se algo inacabado ficasse entre nós dois.

Voltei de Montevidéu para meu país aos catorze. Aos dezoito, quando Eligia e Arón voltaram a se separar, optei por ficar com Arón na capital. Ela, por sua vez, assumiu uma cátedra de história da educação na sua província natal, na serra, e daí em diante passamos a nos ver muito esporadicamente.

Ela estava no banco da frente de um carro, gemendo sem gritar, e não era por minha culpa: eu a havia avisado que Arón, nos últimos anos, quando viveu comigo, separado dela por mais tempo do que durante os divórcios anteriores, se transformara num ser perigoso.

Inclinei-me por cima do ombro dela que dava para o interior do carro, para enxugar com meu lenço algumas gotas de suor ou de ácido, e o tecido amarelou como se o algodão tivesse virado seda. As sombras da noite ocultavam aquela metade do seu rosto com um véu roxo onde reluzia o branco do seu olho, que fitava através do para-brisa, buscando uma meta para a penosa viagem. Quando me recostei no banco de trás, só pude ver da sua face, pelo espelhinho, o branco daquele olho, rodeado de sombras e fixo num ponto distante, com uma borla de intensa cor púrpura na pálpebra inferior, como naqueles desenhos animados em que se quer representar grotescamente um bichinho que não dormiu. O resto da parte sombreada do rosto de Eligia era um mistério que fervia na escuridão.

Depois de alguns momentos de nervosismo, voltei a me inclinar, dessa vez sobre o outro ombro, o que dava para a janela do carro. Então pude ver a outra metade do seu rosto — iluminada pela marquise do cinema —, que contrastava, pela mobilidade das luzes, com a metade em sombras. O olho exposto aos brilhos de neon estava tão fixo e obcecado numa meta distante como seu companheiro sombreado. Sussurrei ao seu ouvido "já vamos chegar", embora nem ela nem eu tivéssemos perguntado ao advogado que dirigia aonde estávamos indo. Notei um amarelo espesso na maçã do rosto; uma segunda mancha do mesmo tom entre as sobrancelhas, junto ao limiar das sombras, e que com toda probabilidade se propagaria para o outro lado, o da escuridão. O resto do meio rosto iluminado se compunha de tonalidades de púrpura muito diferenciadas entre si.

Desci para abrir caminho entre a multidão. Não consegui. Quando olhei para o interior do carro através do para-brisa, tive a primeira visão completa das transformações em Eligia. As duas metades se encaixaram: o silencioso roxo, de um lado, e os estridentes púrpuras e amarelos, do outro. Vi também os dois olhos bem abertos, sublinhados pelas olheiras inflamadas. Mas o que eu não pudera apreciar nas minhas anteriores perspectivas parciais era a boca, que, tanto no lado de sombras como no de luz, se tingira de um tom magenta; nos lábios não vigia, por um efeito curioso, o limite entre a metade em luzes e a metade em sombras. O magenta da boca penetrava na zona roxa com a mesma intensidade com que se destacava na zona multicor, e os lábios pareciam dotados de brilho próprio. Lembrava, pela largura e pelo colorido, a boca dos palhaços, mas a de Eligia permanecia imóvel.

Na clínica lhe deram um sedativo, e ela parou de gemer. Levaram-na à sala de pronto-socorro e me ofereceram um uísque na minúscula, asséptica cafeteria. Quando pedi o terceiro, me olharam feio, em vez de ficarem contentes com a chegada de um bom freguês; bebi os seguintes no bar da esquina. Perto dos grandes hospitais sempre há alguns bares que marcam o limite entre o desinfetante e a fuligem; fronteiras onde, aos horrores da vida que nos arrastaram até lá, contrapomos os horrores que nós mesmos cultivamos com empenho. Tudo isso eu soube depois.

Durante quatro meses voltei todos os dias àquele bar, várias vezes por dia, mas nunca consegui entabular uma conversa com ninguém. Não consegui — em cento e vinte dias — abordar nenhuma das enfermeiras e arrumadeiras que lá se encontravam com seus amigos para fugir do ambiente da clínica. É difícil saber ao certo se ninguém queria falar comigo devido a alguma recente qualidade que obscurecia a minha pessoa, ou se era eu que rechaçava aquele lugar onde residentes e enfermeiras se beijavam depois de cobrir um rosto com um lençol.

Duas horas depois estava de volta à minha vigília. Eligia dormitava com uma expressão de perplexidade. De quando em quando, emitia um estertor profundo, involuntário, cansado de si mesmo. Perguntei-lhe se precisava de alguma coisa: “Nada. Cuide-se”, suspirou.

Sobre Arón, não fez nenhum comentário. As queimaduras foram escurecendo para um púrpura muito senhorial, grandes áreas centrais onde uma matéria grave se espessava. Para além do púrpura, pelas bordas das manchas circulava um amarelo tênue, ralo ante a imponência da cor central. A dor agitava sinais para conquistar sua autonomia no corpo de Eligia, assim como o prazer certamente também se emancipara em tempos melhores. Mas enquanto os prazeres de Eligia tinham agido no seu corpo com desenvoltura e clareza, a dor chegava desastrada, e não sabia ou não queria separar perfeitamente as partes sãs das partes queimadas: misturava o intacto com o ferido para melhor ostentar — por confusão — os danos que causava.

Na manhã seguinte, já instalados num quarto da clínica, um familiar me disse que a polícia tinha arrombado a porta do apartamento de Arón e o encontrado com uma bala na cabeça: "Melhor assim! Não tinha estofo para ficar preso", comentou.

— Olha que ele esteve muitas vezes na cadeia.

Eu era o único que tinha vivido com Arón durante seus últimos anos e sabia que esse final era inevitável. Enquanto morava com ele, senti aversão por seus acessos de violência, cada dia mais fortes, e seus livros, que eu considerava piegas — nem tentei ler o último, que ele escreveu pouco antes de se matar —, mas também sentia, de forma inevitável, certa admiração por sua coragem na luta, por sua disposição a arriscar tudo, até a vida, a qualquer momento. Todos falavam com respeito da sua proverbial temeridade, até quem tinha padecido suas fúrias. Quando me disseram que ele se suicidara, tive uma reação equivalente à reverência pelo guerreiro morto com honra, apesar de horrorizado por sua agressão. Também me invadiu a pergunta que nos assalta sempre que alguém que conhecemos bem se suicida: como e até que ponto fomos cúmplices desse gesto? Eu me forcei a logo abandonar essa inquietação; intuí a ameaça do exemplo, a ideia simples e equilibradora de uma correção com outra bala na cabeça.

Não eu: quando fui morar com Arón, aprendi a conhecê-lo melhor do que nos anos anteriores, de constantes mudanças, reconciliações e novas separações do casal. Nos nossos últimos quatro anos, ele piorou dia após dia. Meu desprezo tornou-se mais intenso, mas se movia sempre sobre um fundo de espanto. Decidi me refazer por oposição, ser justamente o contrário: nada de violência, nada de ressentimento, nada de ira. Como não me sentia um santo, desde bem cedo pratiquei a apatia.

Depois da visita do familiar à clínica, chegou ao nosso quarto o médico-chefe. Tinha uma falsa aparência enérgica. Ele se sentou numa cadeira e, em silêncio e muito longamente, contemplou Eligia, que lhe devolvia breves olhares esperançosos. O doutor exerceu primeiro uma contemplação passiva, envolto no seu jaleco engomado e com iniciais bordadas. Finalmente, seus olhos se carregaram de perguntas imperiosas, como se quisesse extrair um sentido daquela paisagem de dor e não conseguisse.

— Como está seu estômago? — perguntou, enquanto perscrutava a planilha presa a uma prancheta de madeira que uma enfermeira lhe estendia.

Por causa dos calmantes, Eligia respondeu com voz pastosa, mas firme.

— Bem.

— Isso é muito importante. Você deve cuidar muito bem dele. É ali que se formam as substâncias nutricionais que vão reparar os danos... Iogurte, muita vitamina batida com frutas e muitos suplementos — acrescentou, dirigindo-se à enfermeira.

— Eligia sempre teve saúde de ferro — comentei.

— Quero que a lave quatro vezes por dia com um preparado — disse depois de me lançar um olhar penetrante. — São águas minerais com enxofre, cobre, arsênico e outros elementos. É preciso deter essa desintegração — apontou com temor para uma gaze umedecida com as supurações. — Devemos ofertar, para que a Natureza possa restaurar. Essas lavagens vão colocá-la de novo em contato com os elementos originários. Além disso, de noite, abra a janela e a deixe se banhar também pela luz das estrelas e da lua... Qual seu parentesco com a paciente?

— Doutor, não me parece que aqui chegue muita luz das estrelas. Se eu abrir a janela, só vai entrar fumaça e alguns lamentos dos outros quartos.

— Hein?... O senhor nunca vai entender.

— A luz das estrelas, não, é verdade — disse Eligia —, mas da lua... Ontem acordei... e havia um pouco de luar.

— Eligia — eu disse a ela depois que o médico se retirou —, uma pessoa razoável como você! Não me desaponte. Começa-se com a lua e se acaba como o Arón.

— Uma pessoa razoável? — ela respondeu com uma voz que se debilitava. — Isso não tem sentido...

Sua voz engrolada e sonolenta pareceu afundar em si mesma.

— ... só tinha sentido antes...

— Antes do quê?

Mas Eligia não respondeu.

No dia seguinte começou seu tratamento. "O ácido é muito especial", disse o médico depois da primeira sessão no centro cirúrgico, quando me encontrou na saleta de recuperação, embora não parecesse se dirigir a mim, mas a um auditório invisível.

— Raramente chegam aqui queimaduras desse tipo — falava sem pressa. — Por ora é impossível enxertar; deve-se ir tirando um pouco da carne necrosada a cada dia, até o ácido se aplacar. Não pense que eu gosto de fazer isso. É um processo de exposição do interno, um despudor. As queimaduras por fogo nos permitem cobrir logo em seguida; quanto antes cobrirmos tudo, melhor: a natureza volta por conta própria a seus leitos sensatos. Como o senhor sabe, no nosso país tudo se cura naturalmente, sem muita intervenção de ninguém. No caso dela, não vou conseguir dormir enquanto não colocar enxertos e cobrir todo esse delírio.

— Quanto tempo leva o processo?

— Não sei. Mas é preciso ter absoluta certeza de que o ácido perdeu seu poder; do contrário, o enxerto não é irrigado, não se produz hemóstase.

— Mas, mais ou menos…

— Para ter certeza, eu esperaria uns vinte dias, talvez quinze, depende… depois desse período, colocar os enxertos vai levar alguns meses. Que profissão, a minha! — Ele se recostou contra uma parede e fitou o vazio. — A incerteza é a maldição desta especialidade.

Quando voltou do centro cirúrgico, Eligia não tinha parte das bochechas e estava com as duas mãos enfaixadas. Na cama, as amarraram a uns suportes; o médico não queria que ela tocasse o rosto, nem mesmo em sonhos.

Assim começou a impossibilidade de Eligia se valer por si mesma. As enfermeiras procuraram servi-la com eficiência. Alguém retirou o espelho do banheiro e — ao lhe amarrarem as mãos — também a privaram da perspectiva de si mesma que ela podia construir com o tato. A partir desse momento, ela só tomou conhecimento do que estava acontecendo no seu corpo por meio da imaginação, alimentada por palavras soltas que escutava de quem a assistia.

Do fundo das bochechas de Eligia se desprendia a intervalos irregulares um filete de sangue ou de secreção, que só era perceptível quando ele chegava ao lençol, porque o líquido não se distinguia sobre sua carne despelada e brilhante, de modo que eu vigiava com muita atenção para descobrir por onde escorria e enxugá-lo antes que manchasse o lençol imaculado. Para mim, o empenho de evitar que os lençóis se manchassem se tornou uma obsessão. Quando fracassava, a mancha se espalhava sobre o tecido antes de se tornar parda e estancar. Tentava então lavar o rastro com os meios ao meu alcance, mas só conseguia borrar mais aquele sangue já seco. Eu não ficava em paz enquanto não trocassem a roupa de cama; sentia a presença da mancha como uma falha grave.

Durante as primeiras semanas, nada foi estável na sua carne. Enquanto algumas partes do seu rosto murchavam, outras se inchavam como frutos incertos que pareciam nascer maduros, prometendo algum sumo sugado dos vazios cavernosos que começavam a se abrir perto daqueles estranhos florescimentos. Eu tentava olhar para essas formações com esperança, mas com o passar dos dias isso foi ficando cada vez mais difícil, pois o que na sua face hoje prometia ser uma maçã, amanhã se transmutava numa pera vermelha, e no dia seguinte num imenso morango. Seu corpo se transformava num ritmo de vazios e tensões. Essa capacidade de transformação da carne me mergulhou no desconcerto. Tentei projetar algo frutífero sobre aquilo que via, mas minha tranquilidade só chegou quando aceitei tudo o que ocorresse como incompreensível e regenerador, força que renovava o tempo e a matéria cada vez que Eligia voltava do centro cirúrgico.

Tive a vaga sensação de já ter visto algo parecido àquela superposição de frutos e rosto em algumas imagens de arte. Mas agora era testemunha involuntária dos caprichos de uma substância torpe e descontrolada, que não se dava ao trabalho de apagar ou limpar seus próprios esboços.

Passaram-se quinze dias. A parte anterior do pescoço foi se encurtando aos poucos. Eu ajeitava os travesseiros para que os chamuscados tendões não se repuxassem. O rosto e o corpo ficaram colados, mas sem conexão, como se um capricho eventual os tivesse reunido.

O insólito ocorria nas bochechas. A ablação parcial deixava bordas de carne que aumentavam a profundeza das cavidades, onde o borbotão de cores oferecia uma falsa sensação de exuberância, pintura feroz realizada por um artista embriagado dos seus poderes.

No fundo dos poços que os médicos cavavam, reapareciam toda manhã, depois da sessão cirúrgica, as cores alegres do primeiro dia, as cores das feridas frescas, que delatavam vida e prometiam cura. De início, cheguei a acreditar que aquele incêndio tinha uma beleza harmoniosa: os tons se definiam reciprocamente por complementos ou contiguidades. Algumas áreas adquiriam o mesmo valor de saturação, mas quando havia diferenças de intensidade, se compensavam, de modo que um púrpura muito intenso era rodeado de um roxo desvalido. Se duas manchas se desequilibravam até que um tom predominasse sobre outro, na intervenção seguinte a situação se invertia.

Como as áreas de cor se escondiam nas cavernas que os médicos abriam, eu estudava de perto os abismos das bochechas para observar sua evolução e desejar que daquelas pinceladas rebrotasse a harmonia. Assim penetrei nos segredos do espaço negativo, do nicho sem imagens nem estátuas. Ali, as feridas tinham vida própria e distante, escondidas pelas grossas bordas. Essas bordas e as concavidades que elas circundavam formaram um espaço cada vez mais profundo, no fundo do qual cada ponto parecia prestes a rebentar de energia vital pela força que surgia da pele ferida, constantemente renovada pelo bisturi. A descarnadura cotidiana gerava uma vida diferente, estranha ao corpo e aos cuidados, origem autônoma da substância orgânica liberta de toda regularidade. A laboriosidade do caos se propaga.

Esse florescer extravagante cessou por causa das rochas. Passadas as duas semanas dedicadas a remover as necroses, começaram a lhe aplicar os primeiros, apressados enxertos. O ritmo das operações diminuiu, e as idas ao centro cirúrgico se espaçaram mais e mais nos três meses seguintes. Eligia deixou de ser brilhante e se tingiu de uma crosta escura e opaca. O tempo das cores tinha passado e chegara o tempo das formas. Sobre a pele se desenharam linhas que se estendiam por caminhos inesperados. As correntes do ácido se manifestaram com ardiloso atraso, moldando-se sobre a carne, erodindo-a, transmutando a vida em geologia, não uma geologia sedimentária e horizontal, mas um sinal da atividade vulcânica, que parecia agora resfriada e com pretensões de eternidade, estável, fixa e inexpressiva como o deserto.

O exterior adquirira uma importância que rivalizava com o interior. Já não se modelava em Eligia uma forma apoiada sobre os ossos, mas um novo princípio estruturador competia repuxando a superfície. Os músculos se adaptavam a um sistema de leis em que as tensões da pele e o relaxamento das cicatrizes contavam tanto quanto ou mais do que as articulações e os apoios firmes, como se, ao ficarem descarnados, os ossos tivessem perdido parte da sua eficácia formal e precisassem competir com os enxertos pelo modelado do corpo.

Naquele dia da agressão, o ácido tinha chegado ao rosto de Eligia de baixo para cima: ela havia acabado de se levantar com seus conselheiros jurídicos, convencida de que a reunião com

Arón estava encerrada, ainda temerosa, mas com a esperança de ter resolvido a questão definitivamente — tudo acertado; enfim o divórcio, depois de tantos anos. Arón permaneceu sentado e sorridente, servindo-se de uma jarra um líquido que parecia água. As marcas do ácido ficaram, portanto, direcionadas de um modo que contrariava a lei da gravidade.

A transformação da carne em rocha cobriu as cores brilhantes. Percebi que, para mim, se acabara a ilusão das metáforas. O ataque de Arón convertia todo o corpo de Eligia numa só negação, sobre a qual não era fácil construir sentidos figurados. A fertilidade do caos a abandonou. Só com o passar dos meses pude compreender esse fato em seu pleno significado, e mais tarde soube como a impossibilidade de ver metáforas na sua carne se transformava, para mim, em impossibilidade de pensar metáforas para meus sentimentos.

Os frutos de cada dia deixaram de amadurecer. Uma rigidez geral invadiu o rosto de Eligia; as protuberâncias se estabilizaram numa superfície lunar inexpressiva. Mas com a rigidez, as cavernas e os vazios adquiriam um novo sentido: a carne petrificada conferiu às feições uma quietude que permitia deduzir relações entre uma forma e outra. Com as relações fixas, renasceu em mim o pedantismo das certezas e das perspectivas, que me permitiam analisar a situação de um ponto de vista puramente espacial e impessoal, evitando o assalto das meditações sentimentais. Realizei minhas observações sobre uma base abstrata, fixando minha atenção não na mão que impeliu o ácido nem no sofrimento da vítima, não no ódio ou no amor que tinham motivado a agressão, e sim nas relações espaciais do rosto de Eligia. Quando era necessário, esmiuçava com os olhos a pele queimada até chegar a fragmentos tão pequenos que neles se perdia o sentido humano do que ocorria. Nesses espaços minúsculos eu centrava minha atenção e com eles construía relações para tentar explicar a mim mesmo o que se passava ali.

Antes, os frutos efêmeros que se insinuaram em todo o corpo de Eligia convidavam a tocá-los para verificar sua forma inesperada, com a desculpa de enxugar o sangue ou o plasma que deles supurava. As grotas e fendas que depois apareceram exigiam o olhar perscrutador e próximo, porque assim o demandava a assombrosa estrutura do que se mostrava, mas também porque o que se percebia nessa etapa pétrea era muito mais abstrato — portanto mais irrefutável e intangível — que o fascínio dos frutos da fase anterior.

Sua figura expulsava as cores e adquiria a configuração daqueles ocos encontrados entre as cinzas de Pompeia, marcando o lugar onde se consumira um ser humano sufocado pela erupção, vazio que só mediante um esforço criativo do espectador deixava entrever a carne que o gerara, até que um arqueólogo óbvio e sacrílego resolveu preenchê-lo com gesso. Assim como os cirurgiões, o arqueólogo obteve o horror que ninguém consegue deixar de olhar, restituiu a simples exibição do cruel, diferente do que antes haviam sido aqueles rombos na lava: uma teoria geral do que nos destruiu e ainda nos ameaça.

A precisão da pedra, ainda que só conformasse ruínas, se apresentava como o avesso eterno de toda figura humana, o limite — aterradoramente cognoscível e presente — de nossas ilusões, o não ser que se instalava com a exatidão de um geômetra no interior do barro que com tanto descuido somos. Assim, nela, realizou-se a passagem das alucinações da aparência às falsas leis do preenchimento.

Contudo, de tempos em tempos, quando anestesias e sedativos lhe concediam um segundo de plena consciência, Eligia rearmava seu corpo e arrancava desses fragmentos, regidos naquela etapa por uma lei hermética que a aprisionava, vislumbres de integridade, um "não me rendo à devastação" com o qual ela inteira se constituía em torno de uma dignidade tenaz que não se importava com o processo que a erodia.

Eu sentia prazer em acreditar que a nascente rigidez do espaço no rosto de Eligia frustrava as intenções de Arón: ao queimá-lo, ele não eliminara a carne que amava, mas a sublimara por demolição, como ocorre com as ruínas românticas. Assim como qualquer olho reconstrói por instinto a geometria incompleta de um mosaico, também eu reconstruía com os minúsculos fragmentos sobreviventes do seu rosto. Minha visão refazia de cor as atuais elipses da sua figura, e essa recordação intensificava o que já não se via.

Apesar das amarras, ela começou a experimentar com o movimento. Eram movimentos muito localizados e reduzidos que Eligia praticava, acredito, para ir formando uma ideia cinestésica do seu novo corpo, à falta de outros sentidos. Nesses dias não refleti o suficiente para perceber como devia ser grande seu anseio por reconhecer as mudanças que estavam ocorrendo nela. Para mim não tinha sentido deixá-la comprovar com exatidão o quanto havia mudado; temia que o golpe fosse excessivo, e os médicos me davam a razão. Parecia melhor mantê-la na sua obstinação de mudar a qualquer preço, de se modificar, embora ela não soubesse o que era. Só muitos anos mais tarde compreendi até que ponto a covardia, travestida de boa vontade — dos médicos, das enfermeiras e minha —, montara uma tortura que nem mesmo um vilão de ópera seria capaz de conceber.

Quando Eligia se mexia, na mínima medida que lhe permitiam as amarras, seus traços carcomidos até o inverossímil indicavam claramente que lhe ocorrera algo impossível: por demasia de sofrimento, sua realidade já não era convincente. A condição do seu novo corpo lhe vedava todo prazer, todo orgulho, remetendo-a sem escapatória a um destino, a uma intenção absoluta: alterar a situação em que se achava. Sem poder se ver, sem poder se tocar, só podia pensar no seu corpo como terreno de reparações, quer dizer, como algo que não existe, mas que está se preparando para existir. Amuralhou esse presente reduzido a puro sofrimento; teve a inteligência de não dar nenhuma conotação reflexiva ou existencial à dor. Para sair, era obrigada a apontar numa direção exata e manter-se firme nela.

Não perguntou sobre as técnicas que lhe aplicavam; estava muito mais interessada em verificar que rumava para uma vida diferente. Qualquer sinal nesse sentido era um enorme alívio para ela. Sua consciência se inundou de futuro. Naqueles dias duros, nenhuma ação, nenhum objeto tinha importância por aquilo que era, e sim por aquilo que podia ter de salva-vidas, ou, pelo menos, de lasca de cortiça, que a levasse derivando a outro modo de existir. Essa necessidade de futuro teve uma ação positiva, em primeiro lugar porque era essencial e constante, mas também porque varria para sempre seus pruridos psicológicos — já carbonizados — e fundava sobre a esperança uma racionalidade necessária.

Assim opera em nós a serpenteante eficácia do bem, a passagem do efêmero a Deus.

Minha irmã não foi à capital porque era quase uma criança, e todos concordamos em que era melhor ela permanecer na cidade da província onde tinha vivido com Eligia nos últimos quatro anos. Meu irmão teve de assumir os negócios da família para pagar os dispendiosos tratamentos médicos. Sem que ninguém falasse no assunto, fiquei incumbido dos cuidados de Eligia.

Eu sempre odiara me responsabilizar por outra pessoa. Agora estava encarregado de Eligia. Na clínica dedicava todo meu tempo a falsas obrigações, nunca tomava banho nem usava a cama reservada para o acompanhante. Assim que achava um tempo livre, corria para tomar banho e me trocar no apartamento que tinha sido de Arón, onde me reinstalei porque não tinha um lugar próprio.

Um mês antes da agressão, eu havia fugido daquele mesmo apartamento, depois de uma briga. Eu tinha medo dele.

Passei então vinte dias vagando pela cidade. De noite, bem tarde, quando as pessoas sumiam fugindo do frio do inverno, as praças recuperavam seu ar de jardim, mas ficava pairando um ressaibo bárbaro, de espaço saqueado, com luminárias quebradas, papéis soltos que revoavam com a brisa, canteiros que tinham sido pisados por milhares de sapatos, de modo que as baixas cercas que os protegiam só serviam para indicar "aqui havia verde". Uma força iracunda assolava as praças durante o dia e se encarniçava contra cada banco, cada estátua, cada trilha. Mas depois da meia-noite era como se a catástrofe tivesse acontecido muito tempo atrás. Apesar da fúria renovada durante o dia, os arbustos e as árvores infundiam a confiança de que resistiriam a tudo, e na escuridão dialogavam silenciosos entre si, confinados pelas edificações utilitárias que, nas sombras, não passavam de uma borda inflexível.

Quando não havia vento, eu ficava imóvel como eles, bebendo a goles tranquilos, fundido numa fascinação sem tempo, até que os primeiros ônibus da madrugada quebravam o encanto. Mas dessas noites quietas, eu saía tomado de um humor incômodo.

Ao contrário, quando o vento balançava os galhos e se deflagrava um jogo de oposições entre a rigidez dos troncos e a flexibilidade das copas, meu corpo se ativava caminhando de um ponto a outro para ver como eles resistiam ou cediam, e não perder nenhum ângulo, nenhuma perspectiva da agitação.

Um parente me encontrou e conversou comigo até que conseguiu me convencer a ficar no seu apartamento. Pouco depois, Arón atacou Eligia.

Quatro anos antes, aos dezoito, quando comecei a me embebedar com regularidade, havia ficado claro para mim quão ridículas são as pretensões de maldade dos seres humanos. Nos bares eram mais óbvias ainda: os patéticos beberrões se agrediam, traíam tudo de bom que lhes acontecia, exibiam esperançosos suas perversões. Mostravam-se risíveis e impotentes. Mas até entre os peixes graúdos, aquelas pessoas sóbrias que realizavam seus planos com lucidez, a vontade de ser mau era irrisória face à disposição tão superior dos fatos e das coisas.

Naquele tempo, a história nos transformava sistematicamente em palhaços. Vivíamos uma época de instabilidade política, e as notícias consistiam num desfile de civis e militares, todos cobertos de símbolos de poder e prometendo castigos ou paraísos. Logo os víamos desaparecer, depois de alguns anos ou até meses, sem cumprir nada. Alguns desses salvadores reapareciam, depois dos seus períodos de poder, nos nossos botequins, em carne e osso, com o olhar apagado, que só rebrilhava quando fantasiavam sobre seus passados tempos de glória.

Assim fiz desde muito jovem uma ideia risível do mal.

Certa vez, um advogado levou à clínica uma pasta de Arón contendo papéis que serviriam para iniciar o processo da sucessão. Ele segurava os documentos diante dos olhos de Eligia, explicando com voz enfadonha o que era cada folha. Entre os escritos burocráticos, que pertenciam aos vários processos de divórcio iniciados em seus vinte e oito anos de casados, achamos uma foto de Arón com Eligia, na qual ela aparecia recostada muito confortável no ombro dele. Não refleti sobre a expressão de felicidade que Eligia mostrava na foto nem sobre os motivos que Arón pudera ter para conservá-la. Apanhei-a com um gesto áspero e a guardei num bolso, pensando que ela não iria querer vê-lo nem em fotos.

Depois, sentado no bar, examinei a imagem com atenção. Compreendi que a relação de Eligia com Arón não se mostrava de uma maneira simples nem se prestava facilmente ao trato das palavras. O episódio serviu para que eu descartasse qualquer base firme no tocante às minhas suposições. Eu não estava para sutilezas. O andaime de necessidades construído pelo sofrimento de Eligia e as exigências do tratamento serviram para que não me aprofundasse na questão. Mas a ideia de que o caótico é mais tolerável que o desértico, que eu tinha aplicado tanto ao Arón espiritual como à Eligia física, ficou semeada na minha consciência daqueles anos: a ideia de que o mal não é uma questão ao alcance da vontade, que, se alguma vez ele afetou o homem (com menos frequência do que seu orgulho supunha), foi nas mesmas condições que se manifesta na natureza: involuntário, total e ausente, como nos desertos de pedra.

Para distrair Eligia durante suas horas de lucidez, adquiri o hábito de ler para ela os artigos mais interessantes de uma revista de história. Folheando uns exemplares velhos a fim de selecionar algo apropriado, encontrei um artigo sobre a resistência contra os governos fascistoides da década de 30. Vi a foto de Arón. No texto transcrevia-se um manifesto político que ele redigiu em 1934:

É CHEGADA A HORA DA LUTA!

Dos campos de nossa pátria, dos ateneus, das universidades e das fábricas, partiu o clamor da nova geração, que resiste a continuar impassível ante a prepotência das minorias oligárquicas, que ameaçam aniquilar definitivamente a estrutura democrática e republicana da Nação.

Intensa crise sacode a comunidade há três anos. Vimos romper-se a regularidade constitucional, perverterem-se as normas jurídicas, aviltar-se a dignidade da magistratura, humilhar-se nosso orgulho internacional, mutilar-se o direito proletário, perder-se nosso crédito estrangeiro, depreciar-se a honra do Exército. E hoje vemos, na exorbitância e na impunidade, grupos armados imbuídos de uma plagiada ideologia estrangeirizante, que já não ocultam seu rancor antidemocrático e anunciam a imposição pela força de uma ditadura de classe: a direita conservadora luta pelo advento dessa ditadura, pois adverte que é o único meio de seguir mantendo seus monstruosos privilégios políticos e econômicos, que envergonham e empobrecem o país.

A onda de violência que estremece a velha civilização com seus ódios de raça e de fronteiras não pode ter eco entre nós.

A direita prepara a substituição definitiva da vontade das maiorias populares consagrada na Constituição, a brutal escravidão das classes trabalhadoras e a entrega das fontes nacionais de nossa riqueza aos imperialismos capitalistas estrangeiros.

Em face desse espetáculo humilhante, constituímos a Associação Democrática, organização civil de luta inspirada nos princípios básicos da Constituição…

Por meio deste manifesto exortamos e chamamos à ação todos os argentinos valentes. Repudiando a debilidade e a claudicação, chamamos os homens jovens de mentalidade, corpo e espírito, sem distinção de classe nem categoria.

Medimos e compreendemos o significado de nossa palavra, e assumimos a responsabilidade pela atitude que adotamos. Ficam empenhadas na luta nossa honra e nossa vida. Arón Gageac.

O artigo também resenhava as prisões que ele sofreu, as fugas, as conspirações contra governos militares, os exílios, as greves de fome, os trens que pagava para mobilizar seus partidários, os jornais clandestinos... Voltou a me assaltar um sentimento contraditório: o velho tinha sido violento, cruel, furioso, mas fez as coisas com paixão, arriscou-se por ideias, gastou fortunas no combate aos ditadores, depois de queimar outras maiores em putas europeias. Não comentei a matéria com Eligia.

Um dia flagrei um curioso espiando do corredor num momento em que a porta do quarto de Eligia se abria. Olhava de outro mundo, de uma realidade em que a saúde e a doença se solidarizavam numa palavra, o normal, aquilo que tem direito e medo de espreitar o que não é da sua natureza. Um senhor normal que devia estar ali para visitar ou assistir um doente normal, quer dizer, alguém que sofria uma dor que não tinha sido desejada por ninguém. Mais tarde voltei a me encontrar com o mesmo curioso enquanto ele comentava com seus familiares: "Coitadinha! Eles a deixam assim...!", e levantava os braços rígidos tentando dar a sensação de imobilidade crucificada. O grupo inteiro se esqueceu do seu próprio doente, que sibilava a duras penas através da sua traqueotomia.

Nas horas vagas eu tratava de ir ao bar; a isso se limitavam meus contatos com o mundo exterior. Assistir Eligia era uma tarefa suportável, porque nós dois gostávamos do silêncio. Ela nunca fazia dramas nem caprichos; passava horas e horas calada, sem que ninguém soubesse onde estavam seus pensamentos. Só me perturbavam os momentos em que não podia evitar a proximidade mais imediata: ajudá-la a se sentar, quando se entreviam as feridas ocultas do corpo; dar-lhe de beber e de comer, lavar suas feridas.

Assim, com essa perseverança, a verdade desmancha os andaimes protetores da nossa inteligência.

* * *

Depois de três meses, o único indício ainda identificável era o nariz curto e insolente, que se petrificara a par das bochechas côncavas. Uma fúria imóvel de gelo ferrugento se apinhava em torno desse antigo traço, arqueologia de uma vaidade do passado. Era a letra final de uma identidade que partia, açoitada por ondas de um novo perfil, inumano. As narinas tinham desaparecido rapidamente, mas o dorso nasal, sustentado pela cartilagem, resistiu bastante. Quando, na última sessão cirúrgica, lhe retiraram a ponta do nariz e a parte mais mole da cartilagem, caiu o último baluarte que permitia reconhecê-la.

No quarto mês de tratamento, observar o rosto de Eligia me dava uma sensação de liberdade. Fim do funcionalismo: se somos o que somos porque temos a forma que temos, Eligia nos superara. É verdade que um rosto, um corpo têm tanto significado para nós que sua presença resulta sempre vaga, turva, devido à inquietação que nos provoca tudo o que se manifesta completo e nu. Os rostos — pelo menos para mim, que sou tímido — só são precisos depois de reconstituídos pela memória.

Um dia chegou o novo chefe da equipe médica. Ninguém nos explicou o desaparecimento do anterior. O substituto anunciou com alegria forçada que a primeira etapa tinha terminado. Parabenizou Eligia pela sua coragem, por ser uma excelente paciente, quase uma estoica, mulher de uma força como poucas vezes tinha visto na vida. Chegara a hora do merecido descanso e da recuperação, antes de passarem à cirurgia reconstrutiva, "que faz maravilhas". Também elogiou o trabalho do chefe anterior, "um sábio, apesar das suas ideias pouco ortodoxas sobre a eficácia simbólica, mas que nunca prejudicam seu trabalho científico, acreditem".

— Para casos como o seu — prosseguiu — há pouca experiência aqui. Recomendo que faça as próximas operações com o dr. Calcaterra, em Milão. É o melhor do mundo. Já era chefe de cirurgia reconstrutiva da face quando a guerra começou. A senhora pode imaginar a experiência que ele tem. É verdade que nosso chefe anterior defende opiniões diferentes das de Calcaterra, quase diria que partem de concepções opostas da cirurgia. O italiano se especializou em reconstrutiva, e o nosso em queimaduras.

— Não vou ser operada por um cirurgião plástico?

— Os reconstrutores da face são a nata da nata da cirurgia plástica. Nós atuamos como os bombeiros da cura, mas os da restaurativa são espeleólogos, trabalham em profundidade.

Antes de viajar para a Itália, um amigo médico comentou comigo que nenhum cirurgião plástico do país queria operar Eligia porque ela era uma figura pública e, por mais que se esforçassem, o resultado não seria bom. "Aqui fizeram a única coisa que qualquer equipe médica poderia fazer num caso como esse: tirar a necrose e cobrir."

— E as lavagens quatro vezes por dia e os banhos de lua, tudo fábula?

— Não. Eles serviram para você se sentir útil.

*

Montevidéu, 2 de outubro de 1955

Redação: "EU ESTOU ORGULHOSO DESTA COLÉGIO", por Mario Gageac

Em meu terceiro Ano na Alemão Colégio Herder de Monte-

vidéu, que todos tanto amamos, quero através desta Redação meu Agradecimento expressar.

Eu me lembro daquele primeiro Dialetivo de 1953, quando solitário dentrocheguei, com meu afrancesado Sobrenome nas costas, e a pouca Alemão Língua que eu lembrava, aprendida quando todo um pequeno seisanejo Menino era, na Suíça, mais outro pouco que depois com a Preceptora pratiquei, que falava Alemão embora polonesa fosse. Mas antes que eu nesta Colégio dentroarriscasse, eu meu Alemão lamentavelmente esquecendo estava e muitas Dificuldades tenho para aprendê-lo porque esta Colégio é para Meninos que nasceram falando-o, não para Estranhos como eu. Peço Perdão por meus Erros.

Naquele Momento do Ingresso, a Medo ainda sentia, porque oito Meses antes havia no Prisão das Másmulheres uma Semana, com Eligia e minha Irmãzinha, lá em meu País, fechado permanecido, porque a Polícia queria não dizer que Eligia emportada ficava. Eu acho que quem devia nesse Prisão emportada ficar devia ser a grande Politicamulher de meu País, a Esposa do General, em Lugar de nós. Entre as Putas e Ladras devia dormir, como nós, porque naquele Lugar eles têm nem sequer um Pavilhão especial para as Politicasmulheres, porque o meu é não um País que a Era da Razão vivido tenha: só Idade Média e Romantismo. Não como esta Libertaterra uruguaia onde nos refugiamos. Eu sei eu devo essas Coisas nem pensar: de meu País, nenhuma Palavra.

Mas uma dessas sujas Putas que nem para Seguidoras do General serviam (e por isso no Prisão ficavam, naquele Tempo — faz tão pouco superado para sempre — em que as Putas por aí andavam, e queriam Vice-Presidentes ser) com muito Carinho tratou-me, e segurava-me abraçado quando Eligia a Interrogatório chamada era, e também da Ladra defendeu-me, que sempre "Oligarca" a mim gritava, e que prometia que ela toda minha Família mataria, incluído meu opositor Avô.

Quando voltava do Interrogatório, Eligia muito energicamente recomendava-me não da Política do País e menos do General e sua Esposa falar. Que isso muito perigoso era. Que se eu dizia algo errado ou um Nome próprio, sempre na Prisão ficaríamos. De meu País, em suma, absolutamente nada dizer; isso era o Melhor. Eu devia não falar.

Também deveria Palavras como "Puta" não aqui escrever, mas confio em que o Senhor Professor compreenda que sei muito bem que muito Másmulheres são, e na que era boa não acredito porque algo em sua Mente ela teria escondido.

Quando da Ditadura de meu País escapamos, cursei neste pequeno País e neste grande Colégio, o Final do Primário. Esse Ano de 1953, na Herder, tínhamos ainda não o Colégio secundário. Só em 1954 nosso querida Colégio Herder ao Ensino médio se abria, depois da injusta Interdição durante o Mundialguerra. Cada Ano uma nova Série de Ensino inaugurávamos, de modo que eu sempre entre os Maisvelhos ficava. Eu gosto na Série dos Maisvelhos sempre ficar, porque assim entendi — como o Senhor Diretor Von Zharschewsky nos disse e também o Prezado Senhor Professor Bormann — que uma Responsabilidade era, e não como nas inglesas Colégios. Que não pensássemos um Direito os indefesos Menores surrar. Aqui, por Sorte, os únicos que Direito de aplicar Corretivos físicos têm são os Professores e Bedéis, não os Alunos mais velhos, e sempre com toda Justiça o fazem; não há nenhuma Dúvida.

Com as primeiras Varetadas (que eu, depois, explicado fui por meus Colegas que não doem tanto, embora eu, na primeira Vez, como um Mariquinha chorei) percebi que havia entrado numa Realidade completamente diferente das muitas Colégios anteriores onde eu estudado havia. Pelas outras Colégios eu havia passado sem de dentro meu Caráter formar, salvo naquela primeira Colégio em Freiburg na Suíça, onde as Irmãs, Favas ou Ervilhas ou Feijões ou algo assim, em seus Hábitos guardavam, e no Chão espalhavam as secas Bolinhas e ajoelhavam-nos sobre elas quando nos comportávamos mal. Se nos comportávamos muito mal, devíamos, além disso, para Sol olhar.

Graças aos Conselhos do Detlef e do Bernhardt, meus melhores Amigos aqui em Montevidéu (agora ambos de Volta feliz para Painação depois de que gloriosamente o Campeonato Mundial de Futebol da Suíça foi obtido, em que meu País nem participar quis, e Uruguai foi eliminado porque o Hochberg muito chutado foi, e os Húngaros na Prorrogação, aproveitando a Escuridão, dois Jogadores trocaram; eu peço Desculpas por tratar Assuntos banais), entendi eu que adaptar-me a uma nova Lucidez espiritual devia, que adotar devia um Cursovida voluntariosa em que todas minhas Ações baixoentresi confluíssem para que eu um Destino superior alcançasse.

Agora que estou prestes a ser trezeanejo, convencido estou de que minha Colégio o melhor Ensino me oferece, sem descontroladas Emoções privadas nem femininas Sentimentalidades. Aqui, na Seção Masculina, o Dever malfeito, em pedaços acaba, rasgado pelos mesmos que o fizeram tão mal. Rasgam-no em Classe e diante de seus Colegas, depois que o senhor Professor lhes explica por que tão mal estava. Da primeira Vez, pareceu-me a mim que como um Machucado ou um Vazio sentia, mas com o passar do Tempo (e graças aos Senhores Professores que com Dedicação a seu Trabalho voltaram depois da Interdição do Colégio durante a Mundialguerra, e retomam sua Tarefa neste triste Pós-guerra que é Pré-guerra contra os Russos, e então vão precisar de nós), cada vez com mais Frequência escuto: "Sr. Gageac, recebeu um Bom", ou um Muito Bom, ou um Ótimo!, e meu Peito de Ideais se expande. Só o Latim aqui é descuidado, como aponta Eligia. Mas nosso Diretor diz que já prático não é.

Quem mais me elogia é o ancião Professor de Desenho, Bormann, apesar de eu desenhar mal, mas suas Explicações sobre a grande Arte e os Ideais com Aplicação escuto. Dizem que um grande Melhorsábio foi no Larterra, e ele diz que os Ideais são importantes mais que os Desenhos. Aos Ideais, diz o Professor Bormann, devemos através da Observação chegar: as Leis da Visão fisiológica domadas no Marco dos Cânones e das Medidas áureas. E nos explica em Gravuras a Harmonia das Estátuas clássicas, que estão nuas. Assim meu preferido Senhor Professor Bormann pensa. Além disso, é quem melhor por mim se preocupa neste Internato, trata-me como se sempre algo me faltasse.

Graças a esses Amigos, Professores e Ideais, sinto uma Segurança de mim mesmo como nunca havia sentido em meu País e nos outros Países para onde Arón se mudava conosco, Segurança que a salvo de todos os Riscos do Mundo exterior me coloca, e de todas as Vacilações que quando era Criança tanto me desesperavam.

Tenho agora de Regresso viajar, com meus senhores Pais, a meu País, porque o tirano General foi deposto (e vou voltar em um Cruzeiro!); tenho certeza de que já não vou expressar mais Emoções a cada uma das Mudanças de Casa, Cidade, País e Classe social de meu Senhor Pai Arón. Não tenho certeza de que eu tão sentir-me seguro fique como aqui. Mas quando a Pessoa um Ótimo em recitado de Goethe ganha, não se pode assustar com o que na América do Sul acontece.

Mas antes de Eu partir, nosso amado Diretor Von Zharschewsky morreu. Sua Necrologia a mim foi encomendado escrever para o Boletim do Colégio. Eu fui sozinho no Gabinete do Professor deixado, frente a suas Fotos da Guerra, com Uniforme. Sentei-me à Máquina: "Perdemos um Ser muito especial, que dava tudo sem exigir nada. Um desses excepcionais Seres que, em vez de Sorrisos esbanjar, Conhecimentos e Exemplos espartanos oferecia. Eu me recordo que muitas Vezes de me manter erguido como ele procurei, mas sempre acabava me cansando e em um Descuido encurvava-me. Mas ele, oitentanejo, não, não se encurvava. Quando perto de sua Pessoa rondávamos, eu sentia-me intimidado por sua Espiritualfortaleza e queria parecer-me com ele. Agora, quando elevo meus Olhos para encontrá-lo no Céu, só os Versos de Goethe que líamos na Aula com ele recordar posso: "... die Beschwörung war vollbracht./ Und auf die gelernte Weise/ Grub ich nach dem alten Schatze/ Auf dem angezeigten Platze;/ Schwarz und stürmisch war die Nacht". Que significaria (ousarei traduzir?)...

II

Eligia passou o verão e o inverno seguintes na serra, recuperando-se junto da minha irmã. Eu fiquei na capital, no apartamento de Arón, onde me reinstalei depois que o juiz mandou retirar as fitas de interdição; deixaram umas faixas sujas e cruzadas na diagonal sobre as portas arrombadas pela polícia.

Sem mexer em nada, sem trocar nenhum objeto de lugar, voltei lá com as minhas poucas mudas de roupa. Meu lugar preferido era esta biblioteca onde escrevo apressado antes que o apartamento seja vendido. Naquele tempo havia leitura suficiente para vários anos: pornografia kitsch francesa dos anos 20 (encadernações luxuosas e desenhos pseudo-históricos recriando Babilônia e Alexandria), coleções dos anos 30 de precários jornais clandestinos antifascistas que o próprio Arón tinha dirigido contra as ditaduras, mais Stirner, Papini e Lênin, mais exemplares autografados de péssimos livros de importantes políticos do meu país, e também um pouco do habitual lustro das estantes: os grandes filósofos, romancistas franceses do XIX e as obras que ele ganhava ou comprava porque o título o atraía. Somados, constituíam uma amostra das contradições de Arón, com que cada pessoa que o conhecia montava o modelo de personagem que preferisse.

O cômodo tinha então as paredes cobertas de livros (alguns eram garrafas de licor simulando uma lombada) e estava mobiliado com esta escrivaninha achinesada, apoiada sobre pés em forma de cascos dourados. A madeira do móvel rebrilha completamente laqueada com brandos tons pretos e cereja, que se destacavam ainda mais sobre aquele claro tapete persa com padrão de espaçadas flores de cores quentes.

Foi aqui que ele jogou ácido nela. Sobre a escrivaninha não caiu nem um pingo; via-se uma longa mancha preta sobre o tapete — suficiente para impedir qualquer restauração —, rastro que ligava a escrivaninha a uma poltrona de vago estilo luís-dezesseis, onde Eligia permanecera sentada durante a reunião, embora já tivesse se levantado quando o líquido a atingiu. A poltrona estava impecável nos braços e nos pés, mas a queimação tinha devorado a maior parte da seda; via-se desventrada, com o entreforro e o espaldar de muito boa qualidade à mostra. A almofada do assento exibia as penas chamuscadas do seu interior.

Na parede do poente há uma porta de vidro que dá para a sacada, naquele tempo cheia de heras e jasmins-trepadores, de tal maneira que a luz que penetrava à tarde sempre tinha uma sombra vegetal. No canto dessa mesma parede, sobre uma mesinha sóbria, repousa um cofre surpreendente por seu grande tamanho, também laqueado com motivos em estilo chinês. Eu nunca tinha me interessado por seu conteúdo, guardado à chave durante os quatro anos em que morei com ele aqui, mas depois do seu suicídio senti curiosidade. Forcei a fechadura e ainda hoje posso ver os arranhões desajeitados que danificaram a laca. Arón guardava nele umas fotos pornográficas, que pude vender a bom preço, e cadernos e boletins escolares dos filhos. Vi a capa de algumas das pastas dos oito colégios que frequentei. No verso do boletim de uma escola suíça onde comecei meu périplo educativo, Arón anotara seus planos para meus estudos: eles incluíam de professores de piano e latim (que ele desconhecia por completo) até aulas de esgrima e prestidigitação. Numa camada mais profunda, encontrei as tarefas que eu tinha escrito numa humilde escolinha da serra. Abri a pasta ao acaso e achei uma composição sobre "O puma", em que Arón tinha rasurado minha expressão "patas com longas unhas" e sobrescrito "garras"; à margem, ele anotara com letras grandes: "... nem para um javali!". Suas observações deviam ser vários anos posteriores à redação da minha tarefa, porque na época em que estive na serra ele não morava conosco. Quando as li, odiei aquelas palavras de desprezo apesar dos catorze anos que tinham se passado desde então. Não continuei escavando no estrato inferior, onde cheguei a entrever minhas pastas da Escola Herder de Montevidéu.

Assim era este aposento que eu havia escolhido para ler nas horas mortas, naqueles dias finais de 1964. Mas uma semana depois do meu regresso, as queimaduras e os riscos nos móveis começaram a me incomodar como antes me incomodavam as manchas de sangue na clínica de Eligia. Optei por ler no meu antigo, pequeno quarto, aquele que eu tinha ocupado durante os últimos quatro anos, pois do grande, que era mais ensolarado, tinham tirado a cama onde ele se dera o tiro, e faltava um vidro, quebrado pela bala. Esta, depois de sair da sua cabeça — já com menos força, por ter atravessado duas vezes os ossos das têmporas —, perfurou a cortina e o vidro, de modo que, ao bater contra a persiana fechada, caiu exangue, sem conseguir escapar deste oitavo andar rumo ao miolo do quarteirão ajardinado e a uma igreja no extremo oposto ao apartamento, a oeste, de modo que o sol se punha atrás da sua cúpula: uma trajetória de Levante a Ocidente. Eu achava que essas balas tinham muito mais força.

Anos mais tarde, quando examinei o processo judicial do suicídio, vi as fotos da perícia: Arón permanecia sentado na cama, vestido com um robe muito luxuoso, de camelão com alamares de seda preta. Numa das mãos, um uísque; na outra, um 38 de cano longo.

Durante aquele verão e o inverno seguinte estive apaixonado, longo parêntese em que me despreocupei de Eligia. Como a mulher que eu amava era toda uma beleza, eu não tinha muita vontade de viajar, mas também não tive que fazer um grande esforço para enfiar as minhas mudas de roupa numa bolsa e despendurar meu velho casaco preto — barraca que disfarçava qualquer mancha na superfície e qualquer volume de garrafinha de bolso no seu interior. A mulher que tanto me atraía, por sua vez, não era das que pedem para os homens não as deixarem.

Tinham transcorrido doze anos desde a ocasião anterior em que eu havia empreendido uma viagem com Eligia, em 1952. Daquela vez a viagem foi abortada. Ela com minha irmãzinha, que ainda não andava, e eu, nos meus dez anos, devíamos ir a Montevidéu — onde Arón nos esperava para uma das cíclicas reconciliações —, mas a polícia política chegou quando o navio já partia. Eligia se negou a desembarcar, alegando que a bordo já desfrutava de direitos de extraterritorialidade. O capitão lhe implorou que descesse, porque cada hora de atraso lhe custava milhares de dólares de multa portuária. Foi-se meia tarde em discussões, até que os policiais a tiraram puxando-a pelo braço livre (no outro, carregava sua filhinha) e teve que voltar a terra envolta num ar de drama. Fomos levados para a prisão feminina e ali ficamos durante uma semana. Naquele tempo havia pouquíssimas presas políticas, por isso não se dispunham de pavilhões especiais para elas nas penitenciárias femininas. Fomos alojados no pavilhão geral. Depois a polícia nos levou, à minha irmãzinha e a mim, para um hotel e avisou nossa avó materna pelo telefone. Eligia permaneceu alguns meses detida. Por fim, viajamos a Montevidéu clandestinamente.

Antes de tentar minha segunda viagem com Eligia — desta vez para a Itália — em setembro de 65, tive a precaução de pôr no corredor do apartamento as garrafas vazias de conhaque barato que eu tinha tomado com meu amor, e constatei que ocupavam um longo trecho da escada. Sorri. Naquele tempo, o álcool tinha boa fama: Bogart bebendo uns tragos se uma loira o deixava esperando; o caubói Wayne mamando direto da garrafa (a primeira vez que tentei imitá-lo, substituí os uísques escoceses do filme por uma garrafa de bagaceira e quase deixo a alma na brincadeira).

Eligia veio da serra num voo de cabotagem, a bordo de avião a hélice. O avião internacional tinha forma muito afilada. Na época, os primeiros jatos traziam à imaginação viagens futuristas, interplanetárias, mas na realidade aqueles Comet caíam com mais frequência que os traquejados velhos aviões. Na cabine, um menino de uns oito anos começou a chorar quando viu Eligia entrar. Embora já fosse bem grande, não parecia sentir nenhuma vergonha das suas próprias lágrimas e berros, e a mãe não fez nada para impedi-los, enquanto os outros passageiros desapareciam atrás dos seus silêncios. “O que é isso? O que é isso?”, perguntava o menino, e a mãe respondia: “Não olhe; não olhe”. Dali a dois minutos apareceu o capitão. Veio à minha mente a velha cena do capitão do navio pedindo para desembarcarmos, e Eligia, turrona, recusando-se.

O capitão de voo nos convidou, todo sorrisos, a nos instalarmos na primeira classe. Ali havia muito espaço e fomos tratados como reis. Antes de decolar, uma aeromoça, mais alta que a da classe econômica, perguntou o que queríamos beber. Pedi uísque, e me trouxeram escocês — como nos filmes de Wayne —, servido com generosidade e de graça. Eu não bebia importado desde que fugira da casa de Arón, mas o que serviam na primeira classe era de uma marca mais suave que a que ele bebia. Assim que decolamos, nos serviram um jantar acompanhado de vinhos franceses e depois conhaque. Viajamos na direção oposta do sol, que mergulhava no oceano primaveril. Terminado o jantar, começou a grande atuação da aeromoça: enquanto uma voz nos explicava pelos alto-falantes que voaríamos quase todo o trajeto sobre o oceano e nos revelava onde estavam os salva-vidas e como eles deviam ser usados, a mulher alta e morena representava — só para mim e Eligia — todos os movimentos com que teríamos que nos proteger em caso de acidente. A voz dos alto-falantes, que funcionavam mal, falava num inglês incompreensível e encerrou seu discurso com referências aos horários e aos acertos nos nossos relógios; por trás das distorções microfônicas, ela parecia muito contente.

Eligia tomou seu remédio para dormir, mas eu permaneci bem acordado, excitado com a ideia de visitar o carrinho de uísque, que a aeromoça de pernas longas tinha escondido num extremo do corredor. Bebi seus gestos, esperando com ansiedade que terminasse a pantomima. Ela me devolvia um sorriso fixo; colocou a máscara de oxigênio sobre a boca, para que não restassem dúvidas sobre como se deveria acionar o mecanismo, e executou sua demonstração sem deixar de sorrir com os olhos.

Quando seu show terminou, pedi um uísque. Ela me serviu e se sentou duas poltronas atrás. A cor da cabine era azul, roxa e bege. Eu me sentia muito protegido e confortável ali, dentro do peixe voador, respirando ar aquecido, enquanto embaixo o mar se transformava em metal fundido sob o luar. Virei várias vezes a cabeça para olhar para a aeromoça. Ela me sorriu. Não podíamos conversar enquanto eu não deixasse a poltrona ao lado de Eligia. Fiquei onde estava e voltei a olhar para a aeromoça várias vezes. Em vez de me devolver o sorriso, ela mostrou, primeiro, um gesto de desconcerto, e depois, de preocupação. Aproximou-se e me perguntou — muito profissional, muito sussurrante, na cabine em penumbra — se eu precisava de alguma coisa. Pedi uísque. Serviu-me com muita generosidade. Toda a sequência se repetiu mais algumas vezes. Minha fornecedora estava coberta de maquiagem, pós de tons bege, pastas de tons roxos, líquidos de tons azuis. Perguntei-lhe se a companhia a obrigava a usar aquelas cores que copiavam os matizes da cabine, ou se era uma decisão dela, para combinar com aquela cápsula desatinada que atravessava o céu sem que ninguém soubesse se explodiria ou não.

— Você é esquisito, hein? — e franziu o cenho.

Naquele tempo, as viagens aéreas a Roma demoravam quase trinta horas. Quando pedi meu quarto uísque, a lua tinha sumido, o mar se apagara e as luzes vermelhas que giravam embaixo da asa do avião assinalavam a única coordenada do meu espaço. A aeromoça adquiriu um ar quase maternal, um pouquinho cúmplice e outro tanto irônico. “Entendo”, disse com ternura, e olhou para Eligia, que dormia ao meu lado entre clarões vermelhos. Então me trouxe um copo para suco cheio de uísque puro. Depois se instalou seis fileiras atrás, colocou sua máscara de dormir e ferrou no sono.

Deixei vagar a fantasia. Tentei imaginar as enfermeiras da clínica italiana. Alguma se pareceria com Catherine Spaak. Além disso, em Milão me aguardava arte da boa... Com o passar das semanas, a pele de Eligia se alisaria e, pelo condão das habilidades reconstrutivas do melhor cirurgião do mundo, voltaria a se mostrar toda cor-de-rosa. Algumas cicatrizes, mas seria uma mulher nova. Então a acariciei; não na mão, mas na manga do vestido marrom. Eligia sempre havia sido discreta nas cores da roupa; tentava dar a impressão de uma mulher estudiosa, de uma política e funcionária da Educação, eficiente e atualizada, impressão que estava perfeitamente à altura dos seus antecedentes: medalha de ouro na faculdade, professora de história, dois anos de aperfeiçoamento na Suíça, vinte de prática, funcionária de alta hierarquia que sancionou o Estatuto do Docente, arrancando milhares de inocentes professorinhas das vicissitudes das nomeações a dedo e das perigosas garras de deputados *donjuanescos*. Tinha muito orgulho daquilo que não se reconhecia como sua ação: as escolas de jornada integral, para que as mães pudessem trabalhar; os institutos de aperfeiçoamento técnico; a lei das escolas de fronteira, que impulsionou a criação de centenas de estabelecimentos educacionais em regiões remotas; a modernização do ensino com verdadeiros conteúdos democráticos. No fundo da sua alma ingênua e tecnocrata, ela se via — durante seu tempo de funcionária — como a continuadora da famosa política casada com o General, mulher que era exatamente o oposto de Eligia em método e estilo. Eligia tinha a esperança de provar que, graças a uma educação racional, as mulheres do seu país estavam à altura de todos os desafios do mundo moderno.

Embora tivesse acabado várias vezes na cadeia por influência da sua inimiga, Eligia sentia certa admiração por ela, mas nunca ousaria competir com o estilo enérgico da esposa do General. Acreditava que lhe bastava estudar e ser eficiente.

Doze anos depois da sua última prisão, viajava agora rumo ao Levante para recuperar um mínimo de rosto que lhe permitisse aparecer novamente em público. Sonhava suas esperanças com a boca aberta e as rugosidades dos enxertos "de urgência" que mal lhe cobriam os ossos, enquanto vozes infantis repetiam "o que é isso?" nos seus ouvidos. O cadáver embalsamado da esposa do General — morta no mesmo ano em que fugimos para Montevidéu — se perdeu no mistério, logo depois do golpe que, em 1955, derrubou os dois, o General vivente e sua esposa embalsamada.

Meus pensamentos se voltaram para o carrinho das garrafas douradas. Caminhei às apalpadelas até o fundo do corredor, onde a aeromoça o guardara. Nas sombras não encontrei o uísque; bebi de outra garrafa, um líquido de sabor doce. O nicho onde estava o carrinho das minhas delícias se encontrava em completa escuridão. Quando me virei para o corredor com a estranha garrafa na mão, topei à contraluz com um vulto feminino mais baixo que a aeromoça. "Que susto, Eligia!... O banheiro fica daquele lado."

— Não se assuste; não sou tua mãe — disse a aeromoça, sem seus sapatos de salto alto. — Por que você não me acordou? Estou aqui para te ajudar... Você vai beber tudo isso? Sempre bebe assim, ou só quando está no ar? Quer mais? Não quer comer alguma coisa? Está tudo à tua disposição... Que merda, por que você não diz o que quer?

— Sim.

— Os rapazes com menos de trinta sempre viajam para procurar a mãe ou para fugir dela. Você é o primeiro que eu vejo viajar levando a mãe. E olha que eu tenho muitos anos de voo...

— As mulheres deviam ser mais estáveis, em vez de andarem exibindo a cara toda pintada pelo céu. Por que você se maquia tanto?

— Você tem namorada?

— Não exatamente.

— Por que não?

— Sei lá! Acho que não tive bons exemplos. Não me faça perguntas complicadas; não estou me sentindo bem.

— É que você bebeu muito e não comeu nada. Vou te servir uns frios. Depois de comer alguma coisa, vai se sentir melhor.

Veio com um prato transbordante de carnes, mais garfo e faca do serviço de bordo. Apoiei meu prato sobre o carrinho das delícias e tentei cortar um pedaço, mas, com os talheres arredondados, não consegui. Então a aeromoça foi para a cabine e remexeu na sua bolsa. Voltou com um objeto amarelado.

— Toma, tenta com isto aqui.

— O que é isso?

— Comprei num mercado de pulgas, já nem sei em que cidade. Eu usava para me depilar, mas foi amolada demais e agora me machuca; para cortar carne, vai te servir.

Olhei o objeto: um corpo estendido de mulher nua, de não mais de quinze centímetros. No centro da peça, perto dos quadris, imprevistos, altos e gordos, sobressaía uma borda metálica. Puxei e apareceu uma lâmina de navalha, reluzente apesar da escuridão. Cortei o peito de peru sem que minha mão sentisse nenhuma resistência.

Dias depois, na clínica de Milão, pude observar melhor o objeto durante o tedioso decorrer das horas brancas e assépticas. O cabo era de chifre moldado; nada artístico, aliás. Exibia a vaga forma de um peixe, mas tinha sobreimposta a forma de uma mulher nua, com a cabeça perto da boca do animal e os pés apoiados sobre a haste que travava a lâmina. As formas humanas ressaltavam mais do que as animais, impunham-se com volumes descarados, não uma caricatura divertida, mas um mal-ajambrado exagero das curvas. O efeito era involuntário, fruto do molde ruim e do mau acabamento.

— Vem cá, vou te levar até a tua poltrona — disse a aeromoça quando viu que eu parava de comer e me servia de mais um copo generoso. Era uma mulher de mais de cinquenta anos que já não poderia voar nas companhias aéreas importantes. Eu não entendia bem se ela estava me maternalizando ou seduzindo; ela me pegou pela mão, não pela manga. Avançamos pelo corredor. Depois de alguns passos, deixamos para trás a fileira onde Eligia sonhava. Minhas pernas se endureceram de cansaço; um peso opaco escureceu toda a cabine. Meus passos se tornaram lentos.

— Tenho que cuidar dela — eu disse à minha guia, estacando.

— Você tem é que se cuidar.

Acomodado na poltrona, terminei o copo e dormi até Dacar.

...(ousarei?): "... O exorcismo se cumpriu./ E do modo aprendido/ Cavei em busca dos velhos tesouros/ Nos locais indicados:/ Negra e tormentosa era a noite".

Quando acabei de traduzir esses versos, eu me vi como por encanto em pé dentro da cova que esperava por Von Zharschewsky. Tornei a erguer os olhos para o céu, para me inspirar e conseguir uma boa tradução, mas só me vinha à cabeça a letra de uma canção da moda: "Lo veremos triste y amargado,/ lo veremos triste y sin amor,/ lo veremos triste y amargado/ porque la chica de al lado/ dijo que no...". *Tentei pensar em temas elevados, em frases nas quais coubessem palavras altissonantes, como Morada, Jornada, Neveinvernal, Regresso.*

Erguido na cova, o chão do cemitério ficava exatamente no nível dos meus olhos de treze anos. Tinha na mão o necrológio que eu mesmo havia escrito. O fundo da cova estava molhado, composto de um barro violáceo com cheiro de mulher e cal. Fui afundando resignada, mansamente. O barro me cobriu os olhos; estava me afogando num pântano viscoso. Quando saí de novo à superfície, emergi num lamaçal sem margens, em meio a uma fulguração encarneirada que me cegou porque o dia do enterro do maldito Von Zharschewsky era um dia nublado e garoento. Fiquei boiando na lama e, de repente, no espaço aquático que se estendia entre o bando de carneiros irrequietos e o lugar onde eu boiava sem saber que rumo seguir, passou um bote silencioso sem ninguém remando. O único passageiro era Von Zharschewsky, inclinado contra a borda mais afastada, olhando para mim, vestindo roupas que pareciam de faina. No costado mais próximo de mim jazia apoiada sem cuidado uma cruz de mármore branco com uma foto no centro. Era minha foto, e nos braços da cruz se lia meu nome e uma inscrição: "Neste maldito país você nunca sabe quem é". Von Zharschewsky sorriu para mim como nunca antes o vira sorrir: um sorriso largo, alegre, vital, de alguém que não tem nenhuma precaução.

Então a lama em que eu boiava me sugou de volta, mas quando fiquei completamente coberto e esperava me desintegrar, me vi voando no céu, loiro e dotado de um corpo mais alto do que o meu jamais seria. Sufocava em meio a uma garoa avermelhada; avistei uma mancha negra na terra. Desci sobre um enorme cupinzeiro, coberto de formigas pretas, de pernas muito compridas e encaracoladas. Nada nem ninguém conseguiria andar sobre aquelas extremidades tão frágeis, por isso as formigas ficavam paradas, agitando suas estranhas pernas crespas. Ouvi uma voz que dizia: "cuidado para não esmagá-las!", então comecei a comer as formigas, e quantas mais eu comia, mais leve me sentia. Depois que me fartei, descobri a única entrada do cupinzeiro. Enfiei os dedos para extrair mais formigas e cavouquei com empenho, mas não consegui tirar nenhuma; estavam todas fora. Tornei a voar, à minha revelia, pairando entre a garoa que agora era de cor violácea.

*

Quando acordei, a aeromoça estava entregando a cabine a uma nova tripulação. Havia duas substitutas, e minha amiga da noite apontou para mim com o dedo e acenou com a cabeça. Retribuí o cumprimento com gratidão.

Desci no aeroporto. Inaugurei o dia com vodca. Quando ia voltando para minha poltrona, pedi um hi-fi a uma das novas aeromoças. Eram mais jovens que a anterior. Elas me trouxeram um grande copo cheio, e deduzi que a mulher da noite havia recomendado que me servissem com generosidade. Pensei nela com simpatia, já certo de que não voltaria a vê-la. Tinha sido leal; invadiu-me uma onda de sentimentos afetuosos e aferrei minha navalha no bolso como um talismã.

Deixamos Dacar. Estava um pouco confuso com os horários: a aparição de uma luz repentina e intensa feriu meus olhos. Tinham embarcado mais dois passageiros; a intimidade da noite se rompera. Eligia escorregou o corpo até uma posição desconfortável e pouco natural, mas continuava dormindo e, por causa da mandíbula retraída, lançava os sons guturais, úmidos, trabalhosos que comporiam minha canção de ninar durante os dois anos seguintes. Tentei ajeitá-la suavemente, mas não consegui. Então a acordei com o pretexto do café da manhã. O resto da viagem foi luminoso: as moças me serviam tudo que eu desejava, sob o olhar silencioso de Eligia.

Enquanto voávamos sobre Roma e seu crepúsculo, eu me inclinei com interesse para a janelinha. Tinha estado na Itália em 49, aos sete anos, e em 58, aos dezesseis. Guardava reminiscências infantis, com hierarquia própria: eu me lembrava da múmia de um santo numa urna, mas não do Moisés de Michelangelo; de uma armadura com o elmo recortado para que o bigode renascentista do seu dono pudesse se arejar, mas não da Galleria Borghese. Nunca consegui diferenciar ao certo essas lembranças das leituras e aulas sobre arte que me deu o velho professor Bormann, em Montevidéu, ilustradas com imagens em preto e branco, ou no máximo em sépia. Essa combinação de lembranças infantis e aprendizagens de adolescência tinha cavado em mim um recanto estetizante da pior laia, um lugar cheio de madonas pré-renascentistas, folhas de ouro e outras ingenuidades. Do ar, olhei com avidez para a Itália, e pedi mais um hi-fi.

O avião desligou os motores com um suspiro de alívio. Eu me levantei imediatamente. Eligia viajava quase sem bagagem, como eu, portanto num piscar de olhos já estávamos diante da porta de saída, enquanto os outros dois passageiros pelejavam com suas maletas, sacolas e pacotes. Antes de descer, uma das moças nos barrou. "Não, por favor, esperem um momento. Vocês saem por último." Eligia e eu nos entreolhamos intrigados e resolvemos nos sentar nas poltronas mais próximas da porta. Os outros passageiros desceram.

Depois de uma longa espera, desceu também a outra aeromoça, com sua malinha regulamentar, acompanhando o resto da tripulação, inclusive o capitão substituto, que nem nos cumprimentou. Só então sua colega, que nos vigiava com um sorriso forçado e largo, nos autorizou a sair. Eligia, intumescida por tantas horas de desconforto, apoiou-se pesadamente em mim e caminhou com dificuldade. O ar fresco de outono era revigorante. Ao pé da escada estacionou uma ambulância. Achei esse cuidado do capitão exagerado; afinal, o pequeno partido político no qual Eligia militava nem sequer estava no governo. Três homens robustos subiram até nós uma cadeira de rodas e convidaram Eligia a se sentar. Ela de início resistiu, mas a aeromoça lhe pediu que obedecesse: "São as regras. Se a senhora tropeçar ou se machucar, vão pôr a culpa em mim. Por favor!". Os homenzarrões manobraram a cadeira como se levassem um ídolo milenar. No seu esforço percebia-se um temor reverencial e assombrado. Ao pé da escada se reuniu um grupo de curiosos — trabalhadores do aeroporto e passageiros de outros voos — que olhavam incrédulos enquanto a cadeira era carregada para baixo nos ombros, com um movimento contínuo e regular, como se flutuasse. Observei os curiosos: de repente me pareceu inacreditável e invejável que eles tivessem pernas, braços bem torneados, rostos carnudos. Essas totalidades e plenitudes me pareciam falsas, ostentosas. Descemos a escada do avião escoltados pela aeromoça. Eu me lembrei da outra viagem, quando descemos a escada do navio escoltados pela polícia. Senti uma vertigem.

Assim que saltamos em terra, um enfermeiro desceu da ambulância e me convidou a entrar na parte de trás. No interior, bastante espaçoso, me esperavam um médico e um guarda aeroportuário. Os dois me pediram que não fizesse escândalo. Eu os desprezei. Enquanto me davam uma injeção intravenosa, o médico entrou em explicações que não havia lhe pedido: "É o regulamento, sabe? Ninguém pode passar pela alfândega tão alcoolizado. Entenda, é pelo seu bem". Ele se retirou, mas o policial ficou. Eu disse a ele que me sentia perfeitamente bem, que minha companheira de viagem tinha ficado ali fora, na cadeira de rodas, no meio da pista. "Terá de esperar meia hora", respondeu em tom impessoal, e percebi que qualquer insistência poderia acabar no posto policial.

Dali a meia hora fui liberado da ambulância. A tarde caía. Em volta do avião já realizavam os preparativos íntimos do aparelho, dos que lhe dão um ar de dama esfolada deixando que outros lhe façam a toalete. Via partes da fuselagem suspensas, mostrando interiores metálicos, facilmente intercambiáveis; sujeitos de uniforme multicolorido conectando cabos e canos a estranhas máquinas resfolegantes que piscavam com seus manômetros. Produziam-se efeitos mecânicos precisos; enxugavam-se sem demora as exsudações de óleo antes que sujassem o concreto da pista. Nos lugares mais convenientes, carrinhos amarelos e pretos se ligavam às entranhas da máquina com toda facilidade.

Eligia me esperava na cadeira de rodas, abandonada na pista, ao lado do avião brilhante. Acima, na cabine, tudo já estava escuro. A jovem aeromoça tinha ido embora. Eligia me olhou, mas não podia compor nenhuma expressão. Só por isso resolveu falar.

— Ai, Mario... não beba tanto como o Arón.

— Não me compare com aquele gângster. Olha o que ele te fez. Eu sou exatamente o contrário.

Durante o voo noturno de cabotagem até Milão, de novo em avião a hélice, me lembrei da aeromoça da noite, que ao deixar seu turno apontara para mim com o dedo para instruir suas colegas. Ali tinha começado sua traição, que acabou na ambulância. Aferrei a navalhinha com força.

III

É suave como sua face se crispa
Fluem os olhares que reconhecem limites
e seu corpo é uma mescla de madeiras,
chapas e medos noturnos

Raúl Santana

Fomos direto para a clínica onde o professor Calcaterra operava, no sul da cidade, na Via Quadronno, uma ruazinha de prédios do pós-guerra que não passavam de cirurgias de urgência urbanística para paliar os estragos das bombas. Chegamos até lá pelo Corso de Porta Vigentina, ladeando um paredão triste que ocultava escombros, e quando nosso táxi dobrou a esquina da Quadronno, vi um barzinho minúsculo. Entramos na clínica depois das dez da noite e pedimos o menor quarto que tivessem e um desconto pela estada prolongada. Mesmo assim, na manhã seguinte, na administração, confirmamos as suspeitas que ninguém na família quisera expor às claras: o preço do tratamento cirúrgico de Eligia completaria a nossa ruína.

Desde que pusemos os pés na clínica, todos os funcionários demonstraram saber muito bem o que deviam fazer; nenhuma enfermeira, nenhuma arrumadeira jamais vacilava. A aparência de Eligia não parecia chamar a atenção de ninguém; todos a rodeavam com um ar de "aqui é o seu lugar".

A porta do nosso quarto era verde, enorme, e sua folha se articulava em duas partes, mas a abertura de uma delas bastava com folga para passarem tanto as pessoas quanto os carrinhos de procedimentos ou de comida. Ela dava acesso a um corredor interno, com armários do tipo dos que se encontram nos vestiários dos clubes, e através de outra porta, pequena, para um banheirinho minúsculo, sem banheira: considerando o tipo de acidentados sem mobilidade própria que eram atendidos na clínica, os sanitários tinham sido planejados apenas para o uso dos acompanhantes. A antecâmara e o banheirinho estavam dispostos obliquamente em relação ao espaço principal do quarto, de modo que, se a porta ficasse aberta, a grande cama ficava resguardada dos olhares indiscretos do corredor. A intimidade era sepulcral.

O espaço do quarto era dominado por essa grande cama central, articulada e com um mecanismo de rodas que as enfermeiras acionavam com um pé. Diante dela havia uma reprodução com um panorama do Mont Sainte-Victoire em cores brilhantes que impediam qualquer perspectiva aérea. Cobri a imagem com uma toalha, mas durante os dois anos seguintes as arrumadeiras se dedicaram a tirá-la repetidas vezes: "Mas por que faz o mau?! Não vê que as cores alegres puxam para cima o ânimo da senhora mais que essas brutas toalhas?". O professor Calcaterra, em compensação, sorria ao ver a reprodução coberta.

Na mesma parede, à direita do espectador que admirasse o quadro — ou seja, o paciente imóvel —, abria-se, da altura da parede, um janelão estreito com um sistema de persianas regulável que permitia entrever o exterior. Fora, quase todo o panorama era tomado pela cúpula da igreja de Santa Maria do Paraíso.

À esquerda da cama ficava o vão da antecâmara oblíqua, o que dava um ar teatral à chegada dos visitantes, que apareciam num só passo e de surpresa, se antes não se anunciassem de viva voz. Sobre a mesma parede do acesso, paralelo à cama principal, um sofá verde, de plástico, que se transformava numa pequena cama de acompanhante, muito mais baixa que a complicada cama central, mal chegando à altura das manivelas e alavancas que erguiam ou baixavam diversas seções do grande artefato.

À direita do leito do internado era estacionada a tábua-mesa, com rodinhas, usada para dar de comer aos acidentados sem necessidade de movimentá-los. Em poucos dias constatei que, por seu péssimo design, não tinha utilidade. O piso do quarto era verde e plastificado para facilitar sua limpeza com soluções desinfetantes. Eu odeio plástico.

Eligia parecia esperançosa. A partir do momento em que entramos no edifício, naquela primeira noite, notou-se que um peso desaparecia do seu ânimo. Em pouco tempo, a atitude dos funcionários de se mostrarem familiarizados com os ferimentos teve efeitos narcotizantes, abstraindo-a. Seu espírito se retraiu a uma região mais afastada da vida de relação, menos responsável, em que os pensamentos ficavam livres para se voltar à esperança sem o lastro das tristezas cotidianas. Mas esse abandono da sua identidade carnal também provocou uma rigidez maior nas feridas, maior densidade da natureza rochosa do seu mal. Enquanto no fundo dos seus olhos brilhava uma nova serenidade (difícil de apreciar por trás das plúmbeas pálpebras cobertas de queloides), o resto da face se carregou de uma densidade silenciosa, que não tinha sido visível enquanto ela se apoiara na substância da dor, nas caretas que fazia na outra clínica para ir verificando o progresso das transformações do seu corpo. Nela o rochoso tivera — ainda em nosso país — uma leveza lunar, mas naquelas primeiras horas em Milão invertia seu sentido, e em vez de indicar a trajetória ascendente do ácido, transformou-se numa matéria entregue que queria arrastar-se para baixo, separar-se do osso que a sustentava por um fio, e cair até onde nenhum olhar pudesse chegar, como se comungasse as intenções dos arquitetos que tão bem haviam planejado a privacidade do quarto ao dispor a antecâmara de viés.

Por obra da arquitetura e do trato impessoal, permanecíamos solitários como anacoretas. O isolamento de toda calidez incluía — da parte de quem trabalhava na clínica — uma formalidade disfarçada de humanitário bom humor. Enquanto os corpos se ocupavam em realizar suas tarefas, suas vozes propalavam fórmulas repetidas até à exaustão, que soavam como a música daqueles pianistas que viajam pelo mundo tocando umas poucas sonatas, exercitadas todas as manhãs enquanto leem o jornal. Ouviam-se os "Boa tarde! Trouxemos uma sopinha gostosa, mas antes vamos medir sua temperatura". Era evidente, já na primeira sílaba, que ninguém esperava resposta. Teria causado espanto uma réplica do paciente dando mostras de que escutava a fórmula com atenção, qualquer princípio de diálogo, alguma coisa como: "Não precisa medir minha temperatura, pois eu sei que estou perfeitamente bem. Quanto à sopa, primeiro quero experimentá-la, e se não gostar, que me tragam uma bela coxa de frango com sálvia". Uma reação desse tipo era impensável, e por mais que eu a imaginasse e a pusesse na boca de Eligia, toda vez que traziam a comida, ela permanecia sempre em silêncio, aceitando todos os pratos e todas as fórmulas verbais.

A previsibilidade em que os pacientes ficavam confinados, somada àqueles interiores tão planejados, tinham um único objetivo: que ninguém perturbasse demais só porque jazia destroçado, que ninguém expressasse uma ideia pessoal, que nenhum mutilado achasse no mundo que o rodeava o mais ínfimo ponto de apoio para pensar que tinha motivo para se queixar da sua desgraça.

Se alguém chorava por terem lhe cortado uma mão ou o nariz, as enfermeiras faziam uma cara de consternação em que se notava uma ponta de ofensa pessoal: "Por que faz assim? Não vê que todosquantos aqui lhe querem bem e fazem o melhor para curá-lo?". E, quando cabia, soltavam uma frase sobre o ocupante do quarto vizinho que tinha perdido as duas mãos e agora fazia piada sobre as longas férias que ia tirar. O remate era infalível: "E depois, pense aos seus caros, que lhe querem tão bem. Que pecado se o vissem lamentar-se assim!". Depois desse discursinho, em geral o paciente sentia muita vergonha de si mesmo.

Essa camisa de força aprisionava todos os verdadeiros internos, aqueles de "longa estada": depois de um mês jazendo naqueles quartos, a morte se apresentava como uma alternativa insignificante para o corpo, já abandonado pelo sujeito graças à ascese das imperfuráveis maneiras do "humanismo sorridente". Nenhuma extravagância, nenhuma ação imprevista dos pacientes jamais aconteceria.

Por trás daquelas maneiras discretas se percebiam, ocultos e firmes, os verdadeiros limites: o pessoal da segurança, na entrada do prédio, e a silenciosa "linha de desmontagem da vida", que funcionava com formidável eficiência, retirando os cadáveres e limpando o quarto num instante.

A situação de Eligia obteve, com o tempo, seus benefícios secundários: um ar de importância animava os mais antigos quando diziam estarem internados há quinze ou vinte dias. Era a chance de desprezar aqueles que, na realidade, não estavam lá para uma cirurgia reconstrutiva, os penetras da plástica, os de narizes com internação de dois dias, só para ficarem mais bonitos, mais lisos, aqueles que não se internavam por uma necessidade tão evidente, como a ausência de boca ou de nariz. Ela foi rodeada por um respeito épico depois que nossa estada completou um ano, mas assim que nos instalamos, perante o muro do "humanismo sorridente", senti falta de Arón.

Para recordá-lo, minha memória começou pelo globo dos seus olhos, muito branco e saltado quando queria infundir terror e se esforçava em olhar sem piedade. Partindo dessas esferas brancas, a rememoração passou a outros pontos proeminentes — a órbita dos olhos, a ponte do nariz —, e dali uma cascata criadora foi gerando as narinas, as bochechas... até completar minha reconstrução dedutiva, em que cada forma chamava a seguinte. Só então percebi que a origem, a esfera branca do globo dos olhos, carecia de olhar.

Empreendi uma busca adicional, não mais de memória visual, mas de reconstrução de intenções — a imprecisa psicologia que naquele tempo de má divulgação me parecia também estúpida —, com as quais tentei recriar aquela vontade de Arón de penetrar na carne de qualquer maneira, de possuir com violência tudo o que estivesse ao seu alcance, sobretudo aquilo que lhe escapava ou que estava a ponto de se desvanecer. Sem querer, encontrei o caroço do seu pânico: a presença de qualquer vulva. Consegui por momentos sentir piedade daqueles rompantes que o transformaram em donjuán e violento. Mas depois recordei as agressões que eu mesmo tinha sofrido dele e, egoísta, me senti alguém com a consciência ultrajada, um puro que odiava toda agressão. Declarei-me pacífico, não por amor aos destinos que a paz pudesse me proporcionar, mas por conhecimento temeroso dos cantos da alma onde é gerada a violência.

O que ele teria feito naquela clínica? Sem dúvida, brigar até a exasperação, arrastar a asa por alguma das desabridas enfermeiras, reclamar da disposição do quarto, da pobreza do quadro, pedir que substituíssem a montanha de Cézanne por alguma gravura pornô ou de Goya, e armar um escarcéu bem tarde da noite, para que todos no andar soubessem que ele tinha chegado com seu robe de camelão, alamares e golas em matelassê de seda preta… e chegava para brigar com qualquer ser que falasse com ele por mais de dez minutos. Uma onda de simpatia atravessou meu sangue. Não podia concebê-lo como acompanhante, num papel secundário, nem tampouco como paciente. Para ser internado naquela clínica era preciso padecer de alguma destruição, mas não conseguia imaginá-lo coberto com os ferimentos de Eligia. Quase não mostrava sinais de deterioração quando o retiramos do necrotério. Tinha sido guardado no frio, e aparentava ser um cadáver saudável, como se ainda conservasse algum elemento indestrutível: "Poderia ter vivido mais mil anos", disse o legista diante dos familiares, que acariciávamos a esperança de que um câncer fosse a explicação do seu gesto final. Tinham amarrado uma bandagem em volta da sua cabeça para ocultar as perfurações nas têmporas e segurar a mandíbula junto ao crânio.

Do necrotério, direto para o crematório. Como o amigo convocado como testemunha desmaiou, tivemos que entrar nós, os familiares. "É uma formalidade, não precisam olhar", disse o funcionário do crematório. Olhei fascinado: primeiro para a imobilidade wagneriana rodeada de chamas, depois para a escura carbonização e até alguma breve contorção de despedida.

A imagem de Arón não encaixava nessa clínica de restauração da face. A onda de simpatia voltou, mas logo a reprimi. Eu não me permitiria essas afinidades. Ele havia planejado cuidadosamente sua despedida para ferir a todos nós com o maior efeito possível. Não lhe deixaria nenhuma porta entreaberta — pensava eu naquela noite italiana —, reconstruiria a mim mesmo com a mesma tenacidade que Eligia, contrariando todos os desígnios de Arón. Eu seria o anti-Arón; teria meu próprio jeito de ser forte, de desafiar destinos. Minha indiferença não seria uma dívida filial.

— Não faz como na clínica de lá. Deita e dorme direito. Estamos cansados da viagem — Eligia me disse naquela primeira noite em Milão.

A enfermeira da noite nos trouxe alguma coisa para comer e anunciou que no dia seguinte, de manhã, receberíamos a visita do professor. A alimentação de Eligia já estava incluída nos honorários da clínica, mas eu tive que assinar um vale extra por meu sanduíche. Eligia e eu avaliamos o problema da minha comida.

— Você tem a alimentação garantida — expliquei —, eu vou achar algum lugar por aí.

Prometi a mim mesmo procurar um restaurante barato para aliviar o orçamento da família e de passagem amortizar uns tragos. Fui ao banheirinho para vestir o pijama, enquanto ela se trocava no quarto. Logo pegamos no sono, mas eu acordei numa hora incerta da noite. Constatei que naquele lugar a escuridão nunca era completa, porque a persiana regulável de plástico deixava passar um pouco da iluminação distante do Corso de Porta Vigentina, para onde dava a fachada da igreja do Paraíso. A luz batia na colcha de algodão branco da cama de Eligia. Ela dormia apequenada, imóvel e coberta até o pescoço. As mantas do meu sofá-cama eram verdes, mas meus lençóis brilhavam tão brancos como os de Eligia. Quando tentei me levantar senti uma umidade morna perto do umbigo. Fiquei indignado. Fazia tanto tempo que eu não sofria um desses derramamentos! Não os esperava, muito menos depois dos tragos que eu tinha tomado no avião.

“Se você se dá ao trabalho de beber até ser levado a uma ambulância, o mínimo que pode pedir como compensação é que não lhe aconteçam essas coisas tão repugnantemente úmidas”, pensei naquela noite remota. A calça do pijama estava molhada e o líquido escorreu pelo quadril esquerdo até encharcar os fundilhos e umedecer também o lençol. Apavorado, olhei para Eligia, que dormia nas alturas. Imaginei o dia seguinte, quando alguma enfermeira parecida com Catherine Spaak visse uma mancha crostosa. As ondas da minha indignação cresceram. Atribuí a culpa ao medicamento que haviam me dado na ambulância, uma dessas porcarias que dissipam o efeito da bebedeira em um segundo, nem bem nos cravam a agulha. Não era a primeira vez que, por causa de uma bebedeira, eu acabava numa ambulância; em geral me davam coramina. Amaldiçoei o enfermeiro do aeroporto, e mais ainda a aeromoça que primeiro me dera bebida à vontade para depois me delatar às suas colegas e ao comandante.

Tentando não fazer barulho, me esgueirei até a pequena antecâmara e tirei do armário a caneta que estava no meu casaco. Tomei uma chuveirada e também lavei com cuidado a parte suja da calça do pijama. Tornei a vesti-la, úmida. Voltei ao meu sofá-cama. Sobre a mancha no lençol, que consistia apenas num pouco de umidade, derramei a tinta da caneta. De quando em quando lançava olhares furtivos à cama que ocupava quase o quarto inteiro. Eu me movimentava na penumbra, iluminado pelo reflexo das cobertas da cama grande, que me servia de referência. Finalmente me deitei de modo que a parte lavada do pijama coincidisse com a mancha de tinta no lençol. Nas horas que faltavam até a limpeza do quarto, a água, a tinta e o sêmen secariam formando uma mancha verossímil que denunciaria apenas que alguém havia pegado no sono com a caneta na mão. O calor do meu corpo aceleraria o processo.

Nunca recordei qual o sonho que tinha provocado esses efeitos tão férteis. Levei quase dez anos para perceber que depois dessa noite deixei de sonhar ou de me lembrar dos meus sonhos. O último foi o do avião. Na clínica eu tinha acordado com uma confusa sensação de imagens fugindo envoltas na neblina, mas logo me entreguei às operações de limpeza e já não as retive. Durante os dois anos seguintes, assaltou-me com frequência a mesma ansiedade por apanhar figuras fugidias, mas sem nunca conseguir precisar que fantasmagoria havia desfilado pela minha cabeça. Não voltei a molhar a cama em toda minha vida.

De manhã constatei que minha estratégia de limpar sujando fora inútil. A arrumadeira do primeiro turno não se parecia com Catherine Spaak: era loira, de cabelo seco e curto, beirando os cinquenta, com uma gordura sólida, proporcionalmente distribuída por todo o corpo. Eu tinha deixado alguns livros ao lado do meu sofá-cama, para tornar a situação mais evidente. Quando tentei lhe explicar o que tinha ocorrido, nem me respondeu. Pedi um "biombo", uma das palavras que, vendo cinema neorrealista, eu não tinha aprendido como dizer em italiano. Para me fazer entender, tive de recorrer a gestos, o que aumentou minha impotência. Por fim, a mulher, que exalava um bafo com ranço de frios condimentados, exclamou: "Ah! Um paravento. Mas para o senhor não é bom ter um *biom-bo*", pronunciou com dificuldade a palavra estrangeira e deu risada. "O senhor deve estar atento à sua mãe. Por acaso se sentiria de dar pronto socorro escondido atrás de um paravento? Como pode fazer atenção atrás de um *biom-bo*? Não, não é assim que se cuida desses acidentados. Eu me entendo destas coisas. Precisa ser alerta. Seria toda uma outra coisa se o senhor contratasse uma enfermeira, ao menos de noite, para poder descansar ou até sair para dar uma volta, dançar, não sei coisa poderia tramar por aí... Então sim poderia pôr um *biom-bo*."

O preço de uma enfermeira dedicada era altíssimo. Passou-me pela mente a imagem de uma mulher desconhecida velando, enquanto eu, dormindo e traído pelas imagens inaferráveis, molhava o lençol. "Comopois", insistiu, ao ver a cara que eu fazia, "se não todas as noites, alguma noite; eu tenho uma prima que é especializada nesse tipo de doentes, se o senhor visse como os move!, como se fossem marionetes recheadas de penas, sem que sofram nada, nada: é um dom!, um dom que a pessoa tem ou não tem. Com esses acidentados, o mais difícil é manobrá-los. Também dar-lhes de comer devine uma arte. Imagine: um mau movimento pode arruinar todo um trabalho de enxertos; um pequeno descuido e tudo é perdido. E depois, em mais, o material", suponho que se referisse à pele, não às gazes e algodões, "acaba logo. Precisa cuidá-lo muito. O senhor não sabe em que confusão se meteu, todo sozinho. Depois venha ver a sala de procedimentos, os guinchos e banheiras especiais que precisa saber mexer para fazer esse trabalho." Também me inquietou a ideia de uma mulher com bafo de temperos fortes manobrando Eligia com um guincho, como um boneco recheado de penas.

No meio da manhã voltaram as arrumadeiras e enfermeiras para retocar o quarto. Assim que terminaram a limpeza, chegou o professor Calcaterra, um velho de boa saúde e fala tranquila, mesmo quando o sentido das suas palavras era inquietante. Logo de cara, transmitiu a Eligia uma firme confiança. Eu, de novo inquieto, pensei que a coitada não tinha nenhuma alternativa senão entregar-se às mãos dos médicos. O rosto do professor Calcaterra era sintético: a boca, o nariz e as sobrancelhas se resolviam em um único traço econômico, enquanto os amplos terrenos da testa e as bochechas se estendiam até as orelhas minúsculas, o cabelo liso, ralo, grisalho, e a mandíbula em forma de proa.

O professor estava sempre rodeado de três ou quatro assistentes, em geral silenciosos, mas prontos a esclarecer qualquer dúvida. Parecia uma equipe eficiente. Os honorários já haviam sido combinados por carta. A despesa maior era com a clínica. A ínfima herança de Arón não seria suficiente.

— Será um longo tratamento, muito longo — disse Calcaterra —, mas lhe garanto que a senhora recuperará todas as funções. O estrago esteve grande, mas há soluções… Repare — foi apontando com o indicador os meandros caprichosos que as cristas e cicatrizes traçavam.

Seu dedo se orientava firme numa direção, mas acabava descrevendo círculos que duplicavam os da pele.

— Labirintos, minha senhora! Nos quais a senhora mesma se perde. Invenções inúteis! Caprichos! Labirintos! Que sentido eles têm? Estudei atentamente os relatórios dos meus colegas de além-mar e as fotos…

— Fotos? Que fotos? — perguntou Eligia.

— Alguém tirou fotos na sala de cirurgia para documentar o processo. Não se recorda?… Talvez a anestesia… Um grande serviço à ciência — e se concentrou no rosto de Eligia.

— Ah! Isto é um mal verdadeiramente complexo: um labirinto em movimento… — suspirou com consternação teatral. — Há visões que só deveriam ser reservadas para aquele que tem um olhar superior, aquele que ousa ver o oculto com um saber mais profundo que a confusão produzida pelo ácido, "saber reconciliador" diriam os religiosos que andam por aqui… Escute-os.

— Mas imagino que, com tudo o que o senhor já viu em seus anos de prática — imprimi certa ironia à minha voz —, já deve ter conquistado esse saber, essa visão profunda para interpretar aquilo que ocorre.

— Não, isso não o adquiri com a medicina. Nesta especialidade, precisa contar também com aquilo que não está ao alcance da ciência, da mão, nem do olho: os movimentos ocultos da matéria, as mudanças sob a pele. Houve casos em que eu costurava no ombro e os pontos de sutura reapareciam no quadril. Tudo o que entra em nossa carne se transforma em garrafa ao mar. Não conhecemos as correntes, nem sabemos que forças se movem, nem para onde, nem por quê. Temos registros, só isso, daquilo que sai à superfície. Aquilo que verdadeiramente acontece aí dentro é inexplicável. Que nos oculta a pele? Deve haver um ensinamento fundamental lá embaixo, uma razão pela qual superfícies tão desejadas, tão cantadas, tão amadas, se transformam por um pouco de fogo ou ácido em uma paisagem que espanta. Não em ruína, entende?, não em um desmoronamento: é uma nova construção afastada da vontade do arquiteto. Precisaria inventar uma palavra que não existe, qualquer coisa assim como "desmoronamento construtivo do enigma"... Sótanto assim se explicam essas portentosas regenerações que ocorrem às vezes. Lá embaixo há uma potência! O senhor verá como começam a emergir velhos pontos que lhe aplicaram durante aquele tratamento de urgência; reaparecerão como se fossem flechadas que retornam do passado. Que nocividade irrefreável! Toda esta carne já não sabe que fazer consigo mesma e a sua história, ela perdeu o seu norte e o seu sentido. Não é estranho que o que esteja nela queira sair. Sabe, senhora, qual será a nossa estratégia? Vamos opor, ao redemoinho, o abismo ordenado. Na superfície, na pele, só se encontram soluções superficiais, coisas de cirurgiões de urgência. Mas nós, os reconstrutores, somos gente que trabalha sobre o profundo. Em vez de cobrir, nos adentraremos, nos aprofundaremos até onde o ácido não chegou. Por ora, o labirinto ocupa mais da metade da sua pele, não há saída. Então cavemos! É a única maneira corajosa de resolver isto. A senhora foi vitriolada. "Vitríolo", entende? — recitou umas latinadas que eu não pude decifrar, mas que deflagraram uma fagulha de esperança e respeito nos olhos de Eligia.

O médico me olhou de lado e notou meu desconcerto.

— Tiraremos toda esta confusão. A carne queimada fazia parte de uma estrutura maior de músculos, muito complexa e sábia. Os médicos que primeiro trataram de sua mãe tiraram aquilo que era evidentemente prejudicado, mas deixaram restos da estrutura, aqueles que não foram queimados. Agora andaimes inúteis. Uma estrutura incompleta é o caos, ou ainda pior, um fracasso da razão, ruínas onde tudo se perde. Poremos nova matéria, mas a fundaremos sobre bases saudáveis, alicerces firmes e claros — disse quase em um murmúrio.

Suas palavras tiveram um efeito balsâmico sobre Eligia, mas a mim descortinaram uma nova série perturbadora de cores e formas; perguntei-me quando chegariam àqueles alicerces firmes e claros.

— Senhora, cavaremos em busca do Criador, nós o buscaremos no fundo dos seus ferimentos, senhora. Nós o buscaremos e quando o encontrarmos lhe pediremos que refaça uma nova mulher. Em modo que, a partir do ódio que a feriu, a partir deste maldito ácido, destes ferimentos, a senhora encontrará a sua grande verdade, sobre a qual poderá edificar de novo, desta vez para sempre. Sabe qual é o símbolo do v.i.t.r.i.o.l. na alquimia? A senhora terá uma surpresa: Cupido! O amor ardente que flecha e regenera. Mas não é um símbolo fortuito. Como o amor, a perda de pele causada por queimadura tem seu lado razoável: descobrir a beleza interior... O senhor, jovem, que tem tempo, vá admirar a estátua de São Bartolomeu no nosso Duomo, um santo tão transparente.

O velho pronunciou as palavras com dignidade e convicção. Eu as tomei como um excesso profissional, mas em Eligia surtiram bom efeito.

— Podemos começar amanhã mesmo. A senhora não quererá perder tempo — terminou o professor.

Deu indicações a seus assistentes e enfermeiras. Desapareceu, seguido por uma nuvem de respeito e jalecos.

Cancelamos nossos planos de ir a Brera naquela tarde. Eligia teve de permanecer na cama, sob dieta severa. Ela me pediu para comprar umas miudezas. Suspeitava que voltaria a ficar imobilizada por muito tempo e não queria ser apanhada de surpresa.

Enquanto fazia as compras, mal tive tempo de dar uma olhada no outono milanês. Assim que voltei, trouxeram um almoço frugal para Eligia. Depois da visita de um assistente, lhe deram alguns comprimidos, sem maiores explicações.

Saí para o corredor. Em um canto afastado dos quartos e próximo à sala das enfermeiras, conversava um grupo de mocinhas, sentadas em pequenas poltronas. Cumprimentaram-me sorridentes. Naqueles corredores, ali era o único canto que tinha lugares para sentar. Estavam falando de cirurgia plástica e elogiando o professor Calcaterra.

— Me esfrega que custe uma fortuna. É para toda a vida e o professor é o melhor; ele te dá assim… tanta segurança, confiança! E além disso me explicou tudo aquilo que me fará. Sabem que o nariz é uma estrutura? Quando não é harmonioso, precisa destruí-lo completamente se quiser construir no seu lugar uma coisa harmoniosa, que não te traia maisnunca.

— Tenho uma prima que é ressaída belíssima; também suas notas no colégio têm melhorado.

— É como comprar um diamante que você vai exibir para sempre. E o senhor, coisa se fará? — perguntou-me uma das garotas. — Olhe que é vaidoso… com esse narizinho tão reto.

— Não. Eu sou só acompanhante.

— De sua esposa? Não quer deixá-la sozinha nem uma noite, coitadinha?

As funcionárias da administração já conheciam meu parentesco com Eligia; não podia negá-lo.

— De minha mãe.

Um clima de confraria já as irmanava, embora se tivessem conhecido poucos minutos atrás, naquele horário do almoço: estavam todas de roupão e camisola, todas sorriam procurando infundir confiança umas às outras, todas sonhavam com um futuro perfeito a partir do dia seguinte, ou, no máximo, do mês seguinte, quando sumisse o edema da cirurgia; todas tinham algum traço exagerado que as mortificava desde sempre: agora, a perfeição ao seu alcance e a curto prazo.

O professor não operava caprichos; se aceitava um caso, era porque o considerava necessário, como se podia ver nesse grupo. Quando me abstraí da conversa e dos sons, os olhos me revelaram um sabá doméstico. Sob a intensa luz da janela, eu contemplava o que essas mulheres nunca mais seriam, ou que só seriam nas suas lembranças ocultas, aquilo que — inexplicavelmente para os maridos — iriam transmitir aos filhos. Imaginei-as destruindo todas as fotos do "antes", fazendo de tudo para que o tempo jogasse um manto de esquecimento sobre aquela etapa da sua vida que terminaria na manhã seguinte. Não aceitavam a imperfeição. Lembrei-me da minha escola Herder de Montevidéu, onde os alunos eram convencidos a destruírem eles próprios as tarefas malfeitas.

As bruxinhas viviam o avesso da situação de Eligia: aqui, mulheres jovens sonhando com um futuro promissor e ao seu alcance; no quarto, uma mulher sonhando com um passado conhecido e irrecuperável. Fui até o barzinho da esquina.

Tratava-se de um local acanhado, completamente diferente dos que eu frequentava no meu país. Apenas duas mesas minúsculas, às quais ninguém nunca se sentava, um balcão curto e sem bancos nem barra onde apoiar os pés. Só escapavam da escala liliputiana uma máquina de café expresso e um jukebox.

Naquele espaço ínfimo, quatro fregueses conversavam de pé. Sua postura transparecia pressa em ir embora; queriam voltar para o trabalho. Eram atendidos por um rapaz da minha idade, o único barman calado que conheci na vida. Fiquei bebendo durante meia hora, até que todos os clientes se retiraram. Então alguém interrompeu minhas reflexões.

— Você é à casa de cura? — disparou uma voz feminina, estridente e imperiosa. A pergunta parecia quase uma ordem ditada por quem nunca ditara uma ordem. Chegava de um canto tão afastado quanto era possível naquele cubículo. Vi uma saia que lhe cobria os joelhos e uma blusa trespassada, muito solta, sem gola e com um único imenso botão na altura do quadril, de modo que cobria fugazmente partes do peito, mais ou menos generosas dependendo das ondulações da blusa. Roupa inadequada para aquele horário de trabalho. Apesar das variações na quantidade de pele entrevista, o mínimo era já mais do que ousado e constituía a única substância atraente naquele bar hostil, que até então me obrigara a beber às pressas, avaliando a cada segundo a possibilidade de voltar à clínica sem almoço. Aproximou-se.

— Um posto tão caro esse... Se bem que você, claro... — e beliscou meu casaco com desprezo. — Me oferece qualquer coisa?

Sem que eu fizesse nenhum gesto, o jovem barman lhe serviu um líquido achocolatado.

— Faz companhia à sua mulher? Não me diga que é você quem quer se operar.

Não respondi. Alguns minutos depois pedi outro uísque, o saideiro.

— Uísque? Mas de onde você é... Ah! Sul-americano. Oriundo? Fala italiano?

— Não conheço a cidade e estou procurando um lugar barato onde almoçar. Tenho dinheiro para te convidar, se você não pedir loucuras. Não tenho dinheiro para o resto.

— Conheço uma trattoria a cinco minutos de marcha daqui.

Atravessamos o Corso de Porta Vigentina. Do outro lado do muro se recluía a inutilidade dos escombros, que escondiam seu mistério. Depois nos adentramos num bairro solitário; contornamos os fundos de um grande prédio ajardinado, cercado por uma grade com arremates dourados, até que chegamos a um pequeno restaurante vazio. Pedi um bife.

— Paillarde? Bisteca?

— Qualquer coisa. Carne.

Ela pediu uma massa. Olhei o cardápio, e os preços eram bem modestos. Quase não falamos durante a refeição. A mulher me olhava com certa irritação, principalmente quando eu me servia afobado do vinho do garrafão. Pedi a conta, e veio um disparate.

— Doze mil liras por uma bisteca! Mas se na lista está escrito três mil.

— Cavalheiro, olhe bem, por favor, são três mil por *l'etto*.

Voltei a ler a lista, desta vez com mais atenção. Ao lado do preço da bisteca havia um minúsculo asterisco que remetia a uma nota no verso da página. Ali, de fato, em letras de corpo seis, estava escrito *l'etto*.

— E o que quer dizer *l'etto*?

— Quer dizer cem gramas — esclareceu a mulher com um sorriso.

— Minha bistequinha não tinha mais do que duzentos.

— Nós a pesamos na cozinha — respondeu o garçom com calma, olhando o prato onde restavam uns nervos rebeldes que eu só teria conseguido cortar com a minha navalha —, e era uma bisteca de mais de quatrocentos gramas.

A mulher se levantou para ir ao toalete.

— Portanto — acrescentou —, são doze mil pela bisteca, mais salada, vinho, massa e água; total vinte e um mil.

Paguei e esperei a mulher voltar, em vão. Fiquei aliviado, porque sua fuga me eximia de castigá-la pelo roubo a que me entregara; só o garçom presenciou minha humilhação. Voltei ao bar do Corso de Porta Vigentina. Pedi ao barman que me vendesse uma garrafa de uísque.

— Absolutamente proibido vender garrafas aqui... E depois, só me resta uma, já aberta. Por que não prova um licor? Leva a garrafa por dez mil.

— Não tem...? — "garrafinha de bolso" era outro objeto que nos filmes do Gassman eu não tinha aprendido como se chamava. Entre circunlóquios e gestos, consegui me fazer entender.

— Não, isto é um bar sério.

Paguei o licor, de uma cor artificial de tangerina. Em um canto, a mulher sorria. Guardei a garrafa, que tinha uma forma impossível de ocultar, com uma barriga no gargalo e um cone côncavo na base, no lugar onde devia estar o corpo cilíndrico de qualquer garrafa decente. Não respondi ao cumprimento da mulher. Tinha voltado ao bar para zombar de mim. Naquela noite fiquei na clínica. Não jantamos, nem Eligia nem eu.

De madrugada vieram procurar por ela. Foi tudo muito rápido. Logo a levaram na sua própria cama, fazendo-a deslizar sobre o sistema de rodas. Aí entendi o porquê da largura da porta de acesso ao quarto. As enfermeiras abriram as duas folhas e por ali ela se foi, navegando. Eu a segui até o centro cirúrgico e esperei numa sala próxima. Uma maca muito, muito estreita e alta era usada só para retirar os cadáveres, como mais tarde constatei.

Ela saiu na mesma cama de rodas; com a tarde bem avançada. Alguns dias depois ela me contou que recebeu a anestesia ainda no quarto, e só a transferiram para o centro cirúrgico quando já estava profundamente adormecida. Desse modo lhe pouparam o mau bocado de ver a sala de operações.

Ao sair do centro cirúrgico, vários médicos e enfermeiras se desdobravam em cuidados em torno dela. "Tudo correu bem", me disse um dos assistentes.

Só quando nos deixaram sossegados no quarto é que eu pude observá-la com atenção. Faltava tudo. Os enxertos de urgência não estavam mais lá; as pesadas pálpebras com queloides não estavam mais lá, e as órbitas mostravam os olhos em branco, afundados e completamente imóveis. O pouco que antes restava dos lábios e da bochecha mais danificada também tinha desaparecido. Viam-se partes de ossos das maçãs do rosto, da mandíbula, os dentes e molares, com a língua lassa sobressaindo um pouco entre as brechas dos dentes. O cabelo estava prisioneiro de uma touca. Contemplei-a por várias horas, absorto.

— Tudo correu bem — eu lhe disse, junto ao ouvido; assim que ela moveu um pouco a cabeça e gemeu pedindo água.

— Tudo é ressaído bem — me disse o dr. Calcaterra quando passou sozinho, tarde daquela noite.

Falou-me aos sussurros, no escuro em que eu tinha permanecido velando por Eligia.

— O senhor acha?

— Sim. Compreendo que agora o seu aspecto possa impressionar um pouco. Foi uma queimadura... que nem mesmo as da guerra. Permita-me que lhe dê um conselho — me pegou pelo braço e me afastou de Eligia. — Nesses casos, é preciso ser realista. Como já lhe adverti, não se trata de disfarçar, cobrir, ocultar. É preciso aceitar que é estado inventada uma nova realidade. Seu pai criou qualquer coisa de novo. Não podemos negá-lo: então só nos resta dar à tragédia sua própria natureza, seu caminho para se exprimir. Retirar as velhas ruínas para que o novo rosto se forme em liberdade, sem labirintos enganosos. A vida nos surpreende: com partículas mínimas, quase sem sentido, a criação multiplica a substância. Mandar via os rebordos e queloides, retirar toda essa trastaria humana. Deixar o essencial, para que o fabricante faça a sua obra sem se desviar nem se distrair. Nada melhor que o ar, a luz, se se quer que as formas sigam seu melhor caminho. Claro que mais adiante vamos ajudar com alguns retalhos. Essa mulher recuperará todas as funções: pálpebras, lábios, tudo. Mas a estética, isto o deixaremos à vida. Permita que o mundo se familiarize com essa nova forma. Só o que está à vista pode ser compreendido; é o que pode mudar. Um mistério não muda maisnunca. Que mistério pode melhorar? O senhor não se deixe impressionar. Portanto, coragem! Verdadeiramente, não conhecia os ferimentos de sua mãe. O senhor a chama Eligia? Tome esta primeira etapa do tratamento como uma revelação da luz, da ordem, da claridade.

Nessa noite fiz como na primeira clínica, e não troquei de roupa. Sentei no sofá-cama e, depois de três horas especialmente longas, fui escorregando até que minha cabeça chegou ao assento. Peguei no sono, deitado em um ângulo que delatava minha posição sentada original. Quando acordei, vi do meu leito o rosto de Eligia, na penumbra dos reflexos brancos das cobertas da sua cama, sem entender a imagem. De repente, as superfícies brancas do seu rosto se encaixaram. Deitado no escuro fitei estarrecido: diante dos meus olhos estavam a cartilagem nasal descoberta e sua posição relativa em relação às outras manchas claras na bochecha. Vista de um ângulo inferior e lateral, apareceu a semicaveira de Eligia, que de quando em quando resfolegava no seu sono forçado. O desaparecimento da bochecha deixara uma cavidade muito profunda. Na penumbra, não se distinguiam as cores, mas os graus de secura ou de umidade numa imagem em preto e branco. Os dentes perfeitos que antes só apareciam quando ela esboçava seus sorrisos indecisos mostravam-se agora completos, em uma série curva e elusiva, matéria imaculada que mergulhava com ímpeto no tempo e nos dramas pessoais e não se detinha até a desapaixonada arqueologia. Em compensação, nas gengivas largas e brilhantes, banhadas de saliva por fora e palpitantes de sangue por dentro, fervilhava a vida.

Passado algum tempo que não pude contar, pensei que, para mim, se acabara a ilustração. Nunca mais teria necessidade de procurar na biblioteca da infância aquelas gravuras anatômicas superpostas, com todos os níveis do interior do corpo. Já sabia o que somos.

Penetrava uma luz mesquinha e artificial através da persiana.

Os dias seguintes foram absorvidos pelos cuidados que Eligia demandava. Mal tive tempo de pedir um sanduíche às arrumadeiras, ou de dar umas breves escapadas até o bar e pedir o licor mais barato que tivessem. Bebi todas as cores artificiais da química. O rapaz do bar guardava aquelas garrafas mais como enfeite do que para servi-las. Havia licores púrpura brilhante, roxo cristalino, verde-esmeralda, amarelo claro ou intenso.

Numa das minhas idas ao barzinho, a mulher me cumprimentou do seu canto com um sorriso.

— Tchau! Você está pálido. Está bem?

Não respondi.

— Sem tanto rancor, não?

Quando já me podia considerar o melhor cliente, o encarregado do bar me recebeu um dia com um sorriso mínimo. Na hora de pagar, o preço tinha baixado estrepitosamente.

— Preço de freguês — explicou. — Foi a Dina que sugeriu, para que o senhor não me fuja para beber quem sabe onde.

Animado com o novo custo, na visita seguinte tive uma conversa muito séria com o rapaz. Tratava-se de acabar com os licores doces; ele precisava me arranjar uísque.

— É muito caro para este bar.

— Então alguma outra bebida seca. Grapa?

— Muito ordinário para os meus clientes. Que tipo de bar você pensa que eu tenho aqui?

A mulher abandonou seu canto afastado, pegou-me pela mão.

— Vem que eu te mostro um posto onde você pode comprar aquilo que quer. Não me olhe com essa cara toda enraivada, não sabe fiar-se das pessoas?

Caminhamos na tarde. Chegamos perto do centro da cidade. Poucos passos depois, vagávamos por uma área que eu desconhecia. Num armazém, minha guia pediu uma marca de uísque importado e pagou.

— Toma. Um presente. Façamos as pazes. Você não tem senso de humor. É livre: pode botá-la via, se quiser.

Abri a garrafa, bebi e a guardei no casaco. Entramos num setor da cidade composto de velhos edifícios do século XIX que imitavam, na medida do possível e parcimoniosamente, as glórias do Renascimento. Não sei qual dos dois acabou escapulindo, mas, poucos minutos depois, eu caminhava sozinho e perdido.

Sou homem de cidade racional, uniforme e quadriculada. Nas minhas viagens anteriores, sempre tinha sido guiado por alguém, mas nessa ocasião fiquei entregue aos meus passos, perambulando por aquelas ruas caprichosas cujo traçado obedecia a muralhas que já não estavam lá, ou sabe-se lá a que oficinas extramuros onde se fabricavam armas ou brocados, não para lutar ou seduzir, mas para vender a toda a Europa, e que ao desaparecer deixaram apenas um alargamento ou uma pracinha. Nenhuma direção era constante, nenhuma referência, estável; não havia um tabuleiro enquadrando o conjunto. A largura daquelas artérias era indeterminável: às vezes variava em mudanças bruscas; às vezes, em transições imperceptíveis; o certo é que eu nunca sabia se estava caminhando por uma rua, uma avenida ou uma praça.

Toda essa incerteza sem referências piorava com a névoa obnubilante que foi baixando, a primeira grande névoa espessa do ano. A muito custo se entrevia se a dez metros podia virar-se à esquerda, à direita ou se não havia saída. Procurei caminhar no espaço definido como calçada, que em alguns trechos era demarcado apenas por uma faixa amarela, e em outros, por um minúsculo meio-fio, mas que nunca constituía um refúgio seguro para os pedestres. Numa esquina imprevista, um automóvel quase me atropelou ao fazer a curva, invadindo a calçada simbólica. Não me senti seguro. Tive a impressão de atravessar uma sucessão de fragmentos que nunca se reuniam. Perguntei a um passante que ia apressado pelo frio onde ficava o Corso de Porta Vigentina.

— É longe... É melhor virar ali — indicou com o braço uma direção imprecisa —, pegar a via Regina Margherita, que depois muda de nome e se chama via Caldara. Quando chegar exatamente à Porta Romana... Vejamos... Depois teria que retornar... Não, não...

À medida que se perdia em suas explicações ia abandonando o receio que tinha de mim, para se concentrar no seu próprio extravio.

— Faça assim: da praça pegue o Corso de Porta Vittoria até Via Sforza... Tudovolta, por esse caminho retrocederia... Melhor ir até a praça e aí perguntar a qualquer outro!

Tentei seguir suas indicações, mas não encontrei a praça e me perdi outra vez. Vi um prédio cuja fachada se aprofundava em um enorme pórtico de arco abatido, que o arquiteto fizera com a óbvia intenção de esmagar os coitados que passassem por baixo dele. Ao fundo oferecia-se o abrigo de um pequeno nicho, espécie de vestíbulo com uma portinha sobre a qual alguém tinha garatujado figuras e dizeres.

Sentei no chão do vestíbulo; bebi. À minha direita jaziam alguns objetos transformados em lixo: caixas vazias com rótulos desbotados, um para-choque niquelado, uma pia sem torneira. Essas peças gastas conservavam sua alegria, ou talvez a tivessem recuperado só porque alguém as queria transformar em lixo. Chamou-me a atenção não terem sucumbido à diligência dos serviços municipais milaneses. Imaginei que deviam formar um belo conjunto com as garatujas. Bebi e atravessei a rua para ver o meu vestíbulo em perspectiva. Nada mau: simples desenhos de giz com um ou outro palavrão, e, ao lado, objetos de metal e papelão.

Depois deixei meus olhos vagarem. O vestíbulo se escondia, acanhado, assediado pelas aduelas gigantescas do arco titânico que o abrigava; este, por sua vez, ficava inscrito numa série de arcos iguais que se perdia na névoa, em ambas as direções. Fora do vestíbulo toda cor era insuficiente, sobrava. Entre arco e arco, enormes pedras rugosas se oprimiam entre si numa silharia ciclópica que pressionava os interiores com um peso asfixiante. A luz se transformava, sobre essas pedras cinza, em um paletó molhado, encolhido e vários números menor que a escala dos grandes volumes. Com angústia procurei um limite, um marco, os ângulos retos que dessem sentido à construção, que abarcassem um todo, que enquadrassem as tensões, que as colocassem dentro de uma certeza confiável. Quanto mais amplo era o giro dos meus olhos, mais força e pesos apareciam esmagando o vestíbulo. Essas construções, funestas e gigantescas, acabavam não se referindo a nada: para cima, perdiam-se num brilho apagado e incolor, atrás do qual devia estar o céu; aos lados, os arcos se internavam na escuridão da rua. Toda continuidade, toda sequência, toda reprodução ficavam truncadas. Meu vestíbulo se via apenas como uma fresta de cor. Voltei a ele; ao me agachar, um suplemento de álcool afluiu ao meu cérebro e cambaleei. Sentei, mas já não estava confortável. Através das paredes sentia os enormes blocos fazendo pressão. Traguei o uísque, recolhi os tornozelos e me agasalhei. Adormeci até que uma voz me intimou: "Você não pode dormir aqui. Anda, via!".

Um homem vestido com um macacão municipal me deu umas batidinhas com sua vassoura. Ele estava atemorizado, e notava-se no seu rosto sardento uma indisfarçada repugnância. Levantei-me e me pus a caminhar sem rumo. Quando virei a cabeça, pude escutar em seus lábios: "Esses meridionais!", enquanto recolhia de mau humor os trastes abandonados no vestíbulo e os jogava no seu carrinho de mão.

IV

À medida que o inverno ia chegando, minha vida em Milão era capturada pela rotina. De noite, dormia por cima da cama, sem trocar de roupa. Nas primeiras manhãs da minha estada na clínica, a arrumadeira ainda me dizia em tom de censura:

— Uma outra vez dormiu sem abrir o leito. Mas que rapaz estranho é o senhor! Se tivesse sido educado antes da guerra, não seria tão preguiçoso. Precisava ver como os garotos aprendiam então a fazer a cama e a andar bem polidos. Que homem esse Mussolini! Pecado que se enganou na política externa...

... E se livrava do trabalho de arrumar minha cama, limitando-se a alisar as cobertas e dobrar o móvel para o transformar no sofá de plástico encostado na parede. Dali a poucos dias deixou de fazer comentários.

Induzida pelo despojamento dos seus músculos, Eligia entrou num período de mutismo. Para mim, o maior inconveniente era a ausência das suas pálpebras. Durante as leituras em voz alta, que eu sustentava por uma hora, mais ou menos, pela manhã, e por duas à tarde, era difícil saber se Eligia estava acordada ou dormindo. Suas pupilas podiam estar presentes, indicando um completo estado de alerta, ou ausentes, assinalando a queda em sono profundo, mas na maior parte do tempo permaneciam com uma metade oculta e outra exposta, numa posição indecisa entre a vigília e o sono. De quando em quando, ela interrompia a leitura para me dizer que a última coisa que tinha escutado era tal ou qual passagem do texto. Eu tinha percorrido o tal fragmento vários minutos antes, portanto era obrigado a voltar a salmodiar um considerável número de páginas. Não me incomodaria de reler boas páginas, mas na primeira remessa recebemos do meu país romancezinhos sentimentais e revistas de autoajuda, do tipo "sua doença é uma ótima oportunidade para começar uma nova vida". Só aproveitamos um livro de divulgação de sociologia com análises da vida cotidiana temperadas com um pouco de alienação cor-de-rosa. Escrevi para minha família esclarecendo que tipo de publicações Eligia preferia. Em novembro chegaram romances do *boom* latino-americano e exemplares da revista de história que tinha publicado o manifesto de Arón. O número mais recente incluía um artigo com a descrição de uma batalha, luta fratricida e sórdida, evocada por um dos seus participantes, cujo manuscrito tinha sido achado poucos meses antes da nossa partida para Milão.

*

... Naquela fria manhã, despertei nosso amado comandante e caudilho com uns mates antes de o sol raiar. Os outros oficiais se uniram a nós e alguns deles trouxeram suas botijas de barro com aguardente. Ante a iminência do combate e do frio que nos penetrava os ossos, o comandante fez vista grossa, e até deu umas bicadas nas vasilhas que tão bem nos predispunham. Aferrou nossa bandeira rubro-negra e montou um potro tordilho muito magro e

meio bagualão. Disse que o corcoveio do animal levantava o ânimo combativo dos seus soldados. Para mim que era pura vaidade. Por seu mal, tinha mandado ferrar o potro naquela mesma manhã, e, ao se adentrar pelos capinzais, o brioso bruto começou a patinar como se andasse sobre lajes.

Naquele campo de pouca visibilidade, avistamos os estandartes ultramarinos, quase negros, com uma estranha cruz branca (pareceu-me de hereges), desfraldados pelos bandidos que perseguíamos. Uma estranha névoa azulada, desconhecida nessa região, não nos permitia ver quantos eram aqueles foragidos. Nossos heróis e esses selvagens investiram com entusiasmo, uns contra os outros, mas ao som do primeiro tiro, ambas as linhas se volveram e fugiram em disparada. Quando, depois de muito galopar, os oficiais das duas facções conseguiram reunir seus quadros e formá-los outra vez frente a frente, a tropa se negou a atacar de novo. Nosso comandante, para instar à carga, fez corcovear o tordilho e, depois de umas palavras certamente gloriosas que o vazio da planície levou sem que ninguém antes as pudesse registrar para a história, desembainhou a espada e empreendeu o avanço. Não foi seguido por um único homem.

A linha se manteve imóvel. Aqueles covardes só atinavam a se olhar furtivamente entre si. A partir desse momento, tudo se me apresenta na memória como extraordinário e inexplicável. Quando o comandante reparou que avançava sozinho, tentou sofrear seu tordilho, mas este parecia agir por outra vontade enlouquecida, e chegou até poucos metros de onde os inimigos observavam em silêncio o que ocorria. Ali, o bruto escorgou e o comandante rolou pelo chão. Em vista disso, piquei meu alazão e cheguei aonde meu chefe estava tombado. Tentei fazê-lo levantar, mas o comandante estava tão afervorado pela bebida que havia provado antes da batalha que cada vez que eu o erguia, ele tropeçava em um arbusto e tornava a cair. Nessas lides nos demorávamos, quando o inimigo começou a avançar a passo, talvez por curiosidade, porque a cena que o comandante e eu protagonizávamos era inexplicável para eles. Peguei o comandante pelo cangote e gritei:

— Agora aguente, seu bêbado desgraçado. Eu bato em retirada.

Nesse exato instante, uma pedrada acertou o pobre homem, que ficou estirado, resfolegando e regurgitando. Mal tive tempo de montar, quando me vi rodeado dos nossos bravos rivais. Pensei que tinha chegado a minha hora, mas, incrivelmente, nossos cavalheirescos adversários formaram ao meu lado. Eu não cabia em mim de espanto. Passamos junto ao comandante e não pude menos que pensar que, se aquela caterva que fingia ser seu exército não fosse tão covarde, ele não estaria estirado em situação tão desairosa.

Enquanto isso e à minha revelia — juro pela minha honra! — tive que conduzir a linha da cavalaria alvianil numa carga contra aqueles bandoleiros arrebanhados pelo comandante. Ambos os exércitos se encontraram frente a frente, e se entabulou o mais insólito movimento militar jamais visto na história da tática. Quando uma ala de qualquer um dos exércitos atacava, as duas linhas, sempre frente a frente, começavam a girar sobre o capinzal nebuloso, no sentido da pressão, mas, antes de entrarem em efetivo combate, o lado que estava cedendo se recuperava, fazia ceder por seu turno alguma das alas rivais, e o giro dos dois exércitos se dava então em sentido contrário. Essa extraordinária dança de exércitos se estendeu durante horas, sem que houvesse baixas a lamentar e sem que em nada alterassem as posições dos dois corpos, de modo que mais parecia uma contradança ou um minueto. Finalmente, as tropas do comandante — que a esta altura do combate dormia roncando com estrépito — começaram a pressionar em todas as linhas até me libertarem do meu cativeiro. Pude assim abraçar meus heroicos companheiros rubro-negros e sua esforçada tropa. Ante o inimigo em retirada, todos nossos bravos prorromperam em hurras por tão árdua vitória, sem que ninguém cuidasse de perseguir aquela caterva transviada. Mas algum desgraçado me acusou, sabe Deus por que rancor, de ter colaborado com o inimigo. Sem mais trâmite, aqueles brutos que poucos minutos antes me abraçaram, agora me apearam e se dispuseram a me passar a gravata vermelha, sem querer escutar nem minhas súplicas, nem minhas lágrimas, nem meus argumentos, que foram os seguintes: Para me proteger das inclemências do tempo, a minha santa mãe me dera uma das capinhas que vendia na sua banca na feira, a única que lhe sobrava de um lote de quatro, porque as outras três tinham sido compradas por uns oficiais do exército inimigo. Eram peças muito apreciadas, porque minha mãe empregava os antigos usos indígenas dos Andes e tecia sobre uma urdidura que era igual à trama, por isso suas peças eram muito quentes e impenetráveis à umidade. Justamente por causa da úmida neblina, eu tinha vestido a capinha antes do combate, e os contrários me confundiram com um dos seus. Minhas explicações tão simples não foram ouvidas, e eu já me preparava a dar a alma como única baixa da batalha.

Contudo, a caterva que festejava a vitória a bico de botija de repente avistou ao longe uma coluna que se dirigia para onde estávamos. No meu desespero gritei: "Os selvagens voltam com reforços!", e aqueles patifes que estavam a ponto de me degolar fugiram como diabo da cruz. Só eu fiquei no campo, sem cavalo nem armas, mas com vida. Esperei em pé a coluna cuja aparição pusera em fuga os velhacos do comandante, que continuava a roncar. Pude assim comprovar que se tratava de uma patrulha de vanguarda que tínhamos mandado na véspera, e que todos tínhamos esquecido. Estávamos, o oficial a cargo da patrulha e eu, trocando explicações, quando uns cavaleiros surgiram ao longe. A coluna pôs cascos em polvorosa, porque, segundo diziam, não tinham recebido ordem de combater, só de observar. Pela segunda vez fiquei só no meio do capinzal.

Logo se viu que os tropeiros que se aproximavam não militavam em nenhuma fileira, mas estavam na empreita de levar uns animais para vender ao exército dos oficiais de capinha. Quando chegaram a mim, todos me trataram com grande consideração e me ofereceram seu melhor cavalo. Muito me surpreendeu que tratassem um prisioneiro com tanta deferência, mas não abri a boca porque os tropeiros levavam tremendos facões. Assim chegamos ao acampamento daqueles que até horas atrás eram meus inimigos. Eu me dava novamente por perdido e estava prestes a cair de joelhos pedindo clemência, quando um dos tropeiros começou a explicar o que tinha visto, e era o seguinte: que eu sozinho, sem cavalo nem armas, tinha posto para correr toda uma patrulha inimiga. Assim que o tropeiro terminou seu relato, os gloriosos soldados entre os quais me encontrava me nomearam por aclamação seu marechal. Nessa mesma noite, entre as fogueiras onde se assavam as reses dos tropeiros e se bebia um vinho espesso, começaram a circular as mais verazes lendas sobre a minha inesgotável valentia. Assim me vi à frente deste valoroso exército. Decidi na manhã seguinte marchar contra os selvagens rubro-negros, que até a outra madrugada me retinham com seus enganos, e impor-lhes a sangue e fogo os princípios da civilização, e se não bastassem os contundentes argumentos das Luzes e da Ilustração, seria então à força de gravata vermelha.

E como não sou homem de fugir da raia, de manhã entramos na ponta dos pés na cidade e prendemos aqueles facínoras que com enganos me haviam feito seu companheiro de armas. Era coisa de se ver como envesgavam enquanto os degolávamos! Meus homens deixavam os facões fincados nas cabeças sangrando.

Depois me trouxeram o comandante, aquele bêbado por quem eu tinha arriscado nobremente a minha vida sem que me concedesse uma mera promoção, nem uma medalha que fosse. Mandei que ajoelhasse sobre umas ervilhas cruas, com ordem de não desviar a vista das cabeças dos seus cupinchas, fincadas em lanças a dez pés dos seus olhos. Quatro dias o deixei assim, até que as moscas e os carcarás deixaram os crânios branquinhos. Tinha resolvido que também seria degolado, mas os guardas me disseram que era inútil, pois de todo modo tinha perdido o juízo e agora só dirigia suas palavras aos mortos e às caveiras, como se fossem os únicos seres que podiam entendê-lo…

Muitos anos depois, já senador, passei por aquela mesma paragem e me deparei com uns pés de ervilhas cobertos de figurinhas de prata e papeizinhos. Ouvi de um matuto que elas tinham nascido das ervilhas que estavam embaixo dos joelhos do meu rival, e que eram muito milagrosas. Para completar essas superstições, em toda a província se recordava que meu rival tinha vagado durante anos fazendo milagres a torto e a direito, e que um raio o levou ao céu.

*

— Eu peguei no sono, Mario.

— Quando?

— Quando o oficial se bandeou.

O narrador tinha se bandeado tantas vezes que decidi reler todo o texto desde o começo, mas recordei a tempo o final horripilante e disse a Eligia que nada de bom podia se tirar daquela leitura.

As cirurgias ganharam um ritmo acelerado, ou assim me parecia porque a escassez de eventos na clínica fazia o tempo voar.

No Natal, um sacerdote passou para nos cumprimentar, mas Eligia tinha sido operada dois dias antes, e não pôde recebê-lo. Essa foi a única operação em que, por causa da data, não a acompanharam cinco ou seis narigudas, mas ela estava tão empenhada em avançar no seu tratamento, que não quis desperdiçar nem um só dia, sem atentar para as festas tradicionais.

O professor nos visitava com frequência e demonstrava interesse científico e humano pelo caso. Quando a luz de Milão já havia adquirido aquela qualidade sem horário nem sombras que a caracteriza no inverno, aquele cinza desvanecido que tão bem combina com dourados, vermelhos e azuis, mas que aniquila o espírito quando ocupa sozinho todo o campo visual, o professor olhou com atenção para o rosto de Eligia e exclamou satisfeito:

— Progredimos, progredimos! — Seu indicador tornou a planar traçando volutas e, dirigindo-se a mim, acrescentou: — Olhe como a situação se simplificou. Não há mais labirintos; vamos direto ao fundo do problema. E em mais, o corpo desta mulher é solidário: repare como os lábios das suas feridas cooptam em vez de confrontar. Prova de que trabalhamos com um ser em harmonia. Agora que já terminamos com a desordem, podemos sanar lesões que pelo menos são coerentes. Via com os queloides.

Enquanto se dirigia à porta, extraiu com um sorriso franco um papelzinho do bolso do seu jaleco e o entregou a mim.

— Estude latim. Aprenda de sua mãe. Que vai fazer todo este tempo aqui em Milão, sem amigos nem amigas?

Guardei o papel, suspeitando que se tratava de algo que Eligia não devia ver. Refugiei-me no banheiro e li:

"VITRIOL: *Visita Interiorem Terræ Rectificando Invenies Opera Lapidem*: Desce às entranhas da terra e, aperfeiçoando-as, encontrarás a pedra fundamental."

Se durante as sessões de leitura eu ficava com a garganta seca de tanto ler, aproveitava qualquer dormidinha de Eligia para ir até o bar. Muitas vezes cruzava na calçada com a mulher que me levou à trattoria; ela zanzava por um trecho de poucos metros ou se encostava contra o muro no Corso de Porta Vigentina. Vestia com certa simplicidade, comparando suas roupas às fantasias com as quais suas colegas tentavam chamar a atenção em outras zonas da cidade, mais vermelhas que a cinzenta vizinhança da clínica. Eu a encontrava tiritando; precisava se envolver em casacos de confecção, que não a protegiam muito nem do frio nem da umidade.

Bem ou mal, ela era a única pessoa com quem eu podia conversar, portanto peguei o hábito de convidá-la a tomar o que quisesse, em geral um chocolate quente. Chamava-se Rovato, Dina. Enquanto conversava comigo, espiava com o rabo do olho o canto do muro onde costumava esperar seus clientes. Se um carro se aproximava de lá, saía em disparada enquanto murmurava, de costas para mim: "Desculpa, um cliente". Assim que ela desaparecia, o barman retirava seu copo, de modo que dali a vinte minutos, quando voltava, eu tinha que lhe pagar outro chocolate se quisesse continuar conversando.

Num dos primeiros encontros, me perguntou quem era a mulher que estava comigo na clínica.

— Quem disse que estou com uma mulher na clínica? Andou de mexerico com alguma arrumadeira?

— Não! — disse Dina entre risadas. — As mulheres de serviço não falam comigo; nem sequer param aqui, agora que são todas a comprar a seiscentos... quem aguenta estas convencidas? Perguntava assim, por perguntar.

— É uma mulher muito importante e uma verdadeira beleza do meu país. Ela me paga para que a acompanhe enquanto faz uma cirurgia de rejuvenescimento.

— Estranho que ela não preferisse uma dama de companhia.

— Ela precisava de alguém que, além de cuidar dela, a protegesse. Tem inimigos poderosos. Você não sabe como são essas coisas lá, no meu país.

— Estranho que você tenha aceitado um trabalho assim. Não te creio... Como aprendeu a falar italiano?

— Com os filmes do Gassman.

Dina permaneceu hesitante por alguns segundos. Por fim falou:

— Com você há qualquer coisa de estranho, mas não sei coisa. — E acrescentou em tom profissional: — Por que não me conta?

— Bebe essa nojeira e vai fazer rua.

Depois dessa troca de palavras, não nos falamos durante algumas semanas. Quando eu tomava meus tragos, podia vê-la com o rabo do olho, encostada no seu muro. De quando em quando me lançava olhares sorridentes, mas não sarcásticos. Depois de uns quinze dias, uma noite entrou no bar com um homem.

— Te apresento o meu príncipe — disse para o sujeito. — Foi ele que me violentou pela primeira vez. Cuidado que é sul-americano. Leva uma navalha e sabe cuidar das mulheres.

O homem me olhou com temor. Pediu dois ristretos.

— Ofereça algo para ele também — acrescentou Dina.

Pedi uísque sem esperar que ele abrisse a boca. O olhar temeroso do homem se tingiu, por cima, com a angústia do avarento.

— Sente, caro: não tenha medo, este é meu irmãozinho, que me respeita muito.

— Sim, certo — respondeu o homem sem tirar os olhos de mim.

Dina me encarou.

— Este senhor aqui quer convidar-nos ao seu apartamento. — Dei de ombros.

Bastou percorrermos alguns metros de carro para que eu

me sentisse completamente perdido naquela cidade de círculos excêntricos. Chegamos a um apartamento pequeno e úmido. Não havia nem uísque, nem vinho, nem nada: reclamei. O homem se aproximou com um olhar agora de desprezo e escárnio; era uns quinze centímetros mais alto do que eu. Jogou umas notas e disse: "Vai comprar o que quiser; tem um local do outro lado da rua; teu passaporte fica aqui. Quero você de volta".

— Meu passaporte não fica coisa nenhuma. Fica meu casaco, e só.

Duas horas mais tarde, os dois estávamos completamente bêbados. Dina falava com sussurros sensuais aos ouvidos do homem, ambos sentados num sofá, enquanto eu me mantinha afastado, no outro extremo da sala. No toca-discos se ouvia uma cantora metalizada, com gritos dramáticos e operísticos.

De repente, a voz de Dina se sobrepôs com seus matizes de prepotência insegura, desta vez também com certo acento burocrático: "Vem, Mario. Seja bonzinho e me violente". Tirei as calças com um "ai!" de enfado. Dina, que nem tirou a saia, tentou compensar minha relutância exagerando sua resistência teatral. Os pelos do seu púbis se mexeram como pernas de formigas que não vão a lugar algum. O homem olhava atentamente até que, excitado, me incitou:

— Anda, bate nela.

— Eu não bato em ninguém.

— É melhor que seja você — disse Dina em voz baixa.

— Que foi, tem medo de uma puta? — insistiu o homem.

— Se você gosta assim, muito bem; se não, boa noite. Eu não bato em ninguém.

— Deixa eu ver; afasta um pouco, mas não tira dela.

O corpo vestido de Dina se agitava fingidamente na escuridão, enquanto simulava prazer. Eu mal me mexia, totalmente entediado. O homem começou a surrá-la com calma, mas com todas as suas forças; tinha seu ritmo. Senti que Dina se encolhia de dor, mas continuava representando a farsa da violação. Minhas mãos, que seguravam os braços dela, recebiam dois impulsos de dor: um, constante, de movimentos desengonçados que simulavam resistir a uma violação; outro, espasmódico, autêntico, percorria eletricamente Dina ao receber os golpes espaçados do homem. Ela tentava então não gritar e enterrava o rosto no sofá, mas sua respiração se cortava quando recebia cada um daqueles murros. O homem sabia bater, provocando sofrimento sem marcar. Não era um novato: sabia onde socar com a mão fechada e onde esbofetear com a mão espalmada. Quando depois de um murro, Dina gemeu involuntariamente, o castigo cessou. O homem ordenou:

— Agora chupa o pau dele, mas faça que goze fora da tua boca.

Dina se aplicou obediente e ficou mamando por um bom tempo, até que o homem exclamou desapontado:

— E então...?!

Nem Dina nem eu respondemos. Por fim, afastou Dina de mim, lançou um olhar ressentido à minha pica em riste e disse:

— Pede que eu te corte.

— Escuta, eu tenho uma navalha no casaco.

— Bravíssimo! Eu te dou dinheiro. Te dou todo o dinheiro que você quiser, sul-americano. Aqui estamos de milagre econômico. Um pequeno corte superficial, na base, como se eu te castrasse, só o necessário para ver o sangue, já que você não tem leite. Imagina que eu não quero confusão. Sou uma pessoa para bem. É um capricho inocente.

Fui pegar a navalha da aeromoça e a abri com a lâmina virada para ele.

— Eu falei que tenho esta navalha porque vou te rachar se continuar enchendo o saco com essa história de me castrar.

— Vai, coisa te custa, é uma coisa mínima, quase não se vê, já fiz muitas vezes. Coisa te custa? Tanto, você está no estrangeiro, para que quer a pica? Para essas putas? Se me fizer esse gosto, você ganha umas liras e economiza outras.

Aproximei o gume do seu rosto. Ele me olhou nos olhos.

— Mas que coisa pensou?... Que era sobre sério? Já me disseram que vocês os sul-americanos têm um gênio perigoso. Não sabem brincar. São maus lá embaixo.

Abriu a braguilha e enfiou a pica na boca dela. Poucos segundos depois, exclamou excitado:

— Chupa e guarda na boca.

Dina emitiu uns sons abdominais sufocados, enquanto o homem ejaculava na sua boca. Quando retirou seu membro molhado, exclamou: "Não cospe, não cospe, nem engole".

— Agora vai e cospe no cabelo do teu sul-americano. Te dou cinco mil liras em mais.

Dina me abraçou com ternura e roçou seu rosto contra o meu. Depois foi me dando beijos na cabeça, e em cada beijo deixava um pouco do conteúdo morno da sua boca. Quando a esvaziou, acendeu um cigarro. Enquanto o homem se lavava, ela sussurrou ao meu ouvido: "Desculpa, mas preciso do dinheiro... você é bom; a mim me rala coisa te acontece: agora é meu amigo, mas a sério... por que não aproveitou para gozar? Depois de tantos meses no estrangeiro. Tem alguma enfermeirinha nessa casa de cura?".

Ainda prisioneiro da minha ereção intemporal, fiquei paralisado desde que sentira a umidade na cabeça, mas de repente me veio uma intensa consciência do meu corpo, sentado sobre o tapete, apoiado contra um sofá. Depois tive também consciência da vulva úmida de Dina e do membro ainda úmido do homem, e também de todos os homens que caminhavam pela cidade ou dormiam, com suas picas ridículas, e todas as mulheres com suas ridículas vulvas úmidas, todas escondidas sob calcinhas e cuecas, enquanto seus donos faziam compras, cumprimentando-se muito cerimoniosos, vendendo besteiras uns aos outros. Senti uma gota escorrer da minha cabeça até as costas. Rebentei numa gargalhada. O homem fez um gesto para Dina com um dedo contra a têmpora e lhe disse:

— Serve algo para ele beber.

Eu mal conseguia beber por causa da risada. Consegui me controlar por momentos, mas três copos depois ainda me assaltavam ímpetos de gargalhadas.

Quando voltei à clínica, estava cansado demais para tomar banho. No dia seguinte, tinha a cabeça cheia de cascões esbranquiçados, gomalina ressecada e tensa. Também meu travesseiro ficou manchado, mas não tomei nenhuma precaução e a arrumadeira não reparou nos cascões.

Eligia atravessava o período mais descarnado do seu tratamento: os ossos da mandíbula e do nariz se mostravam ostensivamente. Os fragmentos em contato com o ar amarelavam, e branqueavam os cobertos por uma película de matéria orgânica que não chegava a formar pele, apenas uma cutícula. Pediu-me que lesse um artigo para ela, o último por alguns dias, pois na manhã seguinte estava programada outra cirurgia.

Ela saiu da sala de cirurgia com um grande gesso em torno do tórax e aparelhos ortopédicos com correias e fivelas, para imobilizar seu braço esquerdo, que ficou erguido, em ângulo reto sobre a cabeça, o antebraço apoiado no cocuruto. Uma tira de carne ligava a parte interior do braço — fixo, muito perto dos ossos da face — com a base do queixo. Os médicos a chamavam de "retalho". Ela não estava pendurada, e sim repuxada, sem permitir nenhuma liberdade.

Durante os dias seguintes ela desenvolveu um original senso cinético. Na primeira clínica, tinha inventado movimentos que lhe permitiam se autoperceber sem o uso de mãos nem espelhos. Recorria então a gestos e tremores locais da pele, parecidos com os que os cavalos fazem para espantar as moscas. Em Milão, depois dessa cirurgia, Eligia desenvolveu uma ginástica que tinha o retalho como centro de referência. Qualquer parte do corpo que entrasse em ação, articulava-se com o retalho. Em comparação com o plano original da anatomia humana, as possibilidades de movimento eram mínimas e, evidentemente, acirraram os inconvenientes do cuidado de si mesma. Os médicos lhe explicaram que atravessava um momento crucial do tratamento, que graças ao retalho teriam matéria para trabalhar, portanto Eligia tomava precauções patéticas para assegurar o êxito. Através da abertura na sua bochecha viam-se claramente os dentes cerrados, durante o esforço que fazia para se deslocar uns poucos centímetros sem movimentos bruscos.

Duas noites depois encontrei no corredor um dos grupos de ex-narigudas que os assistentes de Calcaterra tinham operado, totalmente anestesiadas, nos minutos livres entre as intervenções importantes.

Algumas delas falavam comigo; a mesma conversa de sempre: "Como é de vocês, lá embaixo? Como fazem os italianos? Você é oriundo?". Era um flerte que implicava matizes originais: vinha de mulheres que tinham vivido convencidas de que eram feias, e que há vinte e quatro horas estavam convencidas de que seriam lindas, mas na realidade tinham o rosto inchado e enormes olheiras roxas de pugilista, com ataduras que lhes cobriam o nariz e as obrigavam a falar em tons nasalados, com frases curtas e sem fôlego. Ninguém sabia ao certo como iriam ficar, e elas menos do que ninguém.

A que me dirigia a palavra com mais frequência era uma moreninha miúda, de cabelo curto e roupão azul-claro, que salpicava sua fala com palavras inglesas, além das abertas vogais italianas, as cortantes labiodentais do dialeto milanês e a forçada nasalidade francesa das ataduras. Eu não a entendia muito bem, mas achava graça em tantos sons heterogêneos e gostava do seu corpo largo e pouco profundo, construído só em duas dimensões. O roupão exibia um complicado desenho de *paillettes* e estava fechado com um grande botão perto da gola.

As enfermeiras se dirigiam a ela com especial deferência e satisfaziam — até adivinhavam — todos seus desejos, portanto deduzi que devia ser filha de algum médico acionista da clínica ou que provinha de alguma família influente na política. Era muito jovem e me disse: "Sabe, tenho um primo lá de vocês. Foi-se no final da guerra, assim que suspenderam as restrições aos emigrantes. Se chama Peter Schweppes. Não o conhece?".

— Não, tem muita gente lá. Por que ele partiu?

— Bobagens... coisas da política.

Uma a uma, as outras operadas foram voltando para seus quartos, e ficamos a sós. A enfermeira do plantão noturno sorriu para nós e disse: "Vão dormir, que já é tarde... tanto... coisa querem fazer?".

— Não sei que me deu, não tenho sono — comentou a moreninha.

Batemos papo até muito tarde. Disse que se chamava "Sandie" Mellein, que ainda estava no secundário e que morava em Milão, com o pai. Confessou-me uma fieira de intimidades, mas naqueles anos era normal um estranho comentar sua vida privada no primeiro encontro, por causa da imensa divulgação que tinham as teorias freudianas. Essas conversas não revelavam nada de importante sobre a pessoa que se confessava, mas — naquela época — serviam para quebrar rapidamente o gelo e estabelecer uma relação próxima. Passadas algumas horas, as revelações íntimas e transcendentes começavam a se repetir até o cansaço. A conquistada franqueza servia para demonstrar que os sujeitos se esgotavam logo.

— Sandie é abreviatura de Sandra ou de Sarah? — perguntei, mas ela encolheu os ombros sem resolver a dúvida. O modo de falar de Sandie era apressado. Por causa daquelas mesmas ataduras que a envolviam, mais o inchaço dos olhos, eu não conseguia distinguir suas feições. Ao matraquear por trás das ataduras, revoluteava a mão esquerda em voos que deveriam frisar seu discurso, mas que na verdade evoluíam completamente divorciados das palavras.

Contava-me também banalidades simpáticas sobre suas colegas de escola e sua família; tinha um jeito engraçado de errar. Percebi que usava palavras inglesas como *beach-boys*, a propósito das suas férias no Havaí, ou "cereal" (pronunciava "síria", e o ele final mal despontava na sua garganta, com uma hipercorreção pedante) a propósito do café da manhã que tinha pedido para o dia seguinte. Sem que eu lhe perguntasse, disse sua idade: dezessete... e me perguntou a minha.

— Ah! Vinte e três. Já é um homem.

"Seis anos de diferença não deveria ser tanto assim", pensei. "Arón era vinte anos mais velho que Eligia." Tentei acompanhar as palavras banais de Sandie, mas de repente me assaltou por dentro uma frase terminante: "E olha como acabaram".

Tive o impulso de voltar para o quarto ou ir para o bar. Para desterrar tentações, concentrei toda minha atenção na minha interlocutora. Sua família pertencia à cidade, onde já por muito tempo fabricava as meias para mulheres "Cavaliere Marco" e, recentemente, tecidos para confecção. Perguntei-lhe se não seria mais conveniente um nome mais feminino, alguma coisa como "Pele Suave" ou "Pêssego", mas acontece que o tataravô fundador da empresa se chamava Marco, e as meias continuariam a se chamar "Marco".

Ela exibia um penteado caprichado, batido e com uma franja sobre a testa, verdadeira façanha da vaidade, tendo em conta que um dia antes havia recebido anestesia geral e algum ignoto cirurgião residente esmigalhara seu nariz a marteladas.

Tentei me lembrar se eu a tinha visto antes da operação, mas, ou não a vira, ou não me chamara a atenção. Perdi assim a última oportunidade de conhecer Sandie ao natural. Depois ela se lançara com gana a virar a página. Eu notava nela a pressa de estrear com flertes seu novo rosto, de medir seu poder. Um estrangeiro era o terreno perfeito para esses experimentos. Transparecia nela a intenção de viver o primeiro amor da sua nova e bela vida, de transformar esse romance numa divisória dos anos anteriores, os anos do narigão. Eu tinha sido escolhido como campo de provas das suas seduções, como a testemunha que deveria desaparecer quando seus trejeitos estivessem devidamente aperfeiçoados.

— Tenho uma alma um pouco difusa, como se um bastidor de pergaminho se interpusesse entre a minha consciência e o meu inconsciente. A minha consciência é noturna, lunar, como diz o horóscopo de *Bella*... Isso é confirmado por uma psicóloga norte-americana que, baseada em Freud, estabeleceu as categorias científicas da personalidade feminina, em um livro chamado *The Goddess You Will Be*. Pela ausência precoce da mamãe e pelo tipo de relação que estabeleci com o papai, fica muito claro que sou regida por divindades que simbolizam a liberação por mérito próprio, como Atenea ou Shiva. Agora que vou ser bela, devo superar esta tendência que tenho de explorar o meu pré-

-consciente, de agir segundo as ordens do id, *the it*. Devo buscar olhar-me no espelho sem complexos. Para uma ariana como eu, esta é a época adequada para as grandes mudanças. Por isso decidi me operar agora. Você sabia que, para Freud, a anatomia é o destino? Portanto, a maneira mais direta de influir no destino é uma boa cirurgia plástica. Há uma psíquica, aqui em Milão, que está a trabalhar em uma combinatória das teorias de Freud com os astros. Eu a consultei antes de me operar, claro, e ela disse que as minhas pulsões cósmicas me modelarão desde o interno, apoiando o modelado exterior do professor Calcaterra, graças a uma conjunção de Júpiter e Saturno. Agora que o ascendente em Júpiter influi sobre o meu nariz, começa o melhor período para mudar a minha antiga personalidade... *It's the right way*.

Et cetera.

— Quando eu melhorar, vem de nós, a casa — disse de repente, com segurança, como se já exercesse algum domínio sobre seu primeiro admirador.

Na manhã seguinte, Eligia, ainda muito inchada pela operação de dois dias atrás, pediu que eu lesse para ela a matéria de capa de uma revista de atualidades que tinha chegado na última remessa.

O documento que ora apresentamos é fruto de uma das investigações mais detalhadas já realizadas na América do Sul por um veículo jornalístico. Graças a ela, e depois de quase um ano durante o qual nossos repórteres encontraram e perderam um rastro complicado e secreto, pudemos escrever o que deve ser considerado como a verdade definitiva sobre um dos mistérios mais bem guardados do nosso tempo: o destino do corpo embalsamado da esposa do General que dominou a história do século XX *nestas latitudes. Estamos orgulhosos do sucesso que alcançamos onde os melhores correspondentes estrangeiros fracassaram. O material que apresentamos neste artigo é respaldado por declarações assinadas e fitas magnéticas conservadas em locais seguros...*

Com sua costumeira energia, a esposa do General lutava contra seus inimigos de sempre, os ricos. Quando lhe sugeriram que consultasse um médico por causa de suas hemorragias cada vez mais frequentes, respondeu indignada: "Nem louca! Os médicos são todos oligarcas. Eles querem me eliminar!".

Enquanto a mulher se recusava a procurar ajuda médica, um eminente cientista estrangeiro arregalava os olhos, espantado ante um emissário secreto do governo.

— Mas como pode pensar que eu aceitaria uma proposta dessas! A primeira-dama está viva. Como quer que me ocupe dela! Isso é um sacrilégio.

O grande cientista não era oncologista nem clínico; sua especialidade, o embalsamamento. Depois de uma vida de estudos e experiências, tinha desenvolvido um método assombroso para conservar os corpos quase intactos.

Contudo, à medida que o desfecho se tornava mais evidente e a oferta de honorários aumentava, o gênio foi cedendo e, meia hora depois do falecimento, o cientista instalou seu complexo instrumental, que incluía enormes tanques com guinchos e outros complicados aparelhos, habitualmente empregados para manobrar vítimas de fraturas múltiplas ou de queimaduras muito graves e extensas.

O método do professor estava tão aperfeiçoado que permitia completar o "tratamento de eternidade" sem tocar no corpo, castigado pela agonia. O cientista ordenou sigilo absoluto nas dependências do Palácio Presidencial onde realizou seu trabalho. Havia um motivo para tanta reserva. O cadáver devia ser desidratado e dissecado completamente antes que sua beleza lhe fosse devolvida para sempre. Ninguém violou o sigilo.

Uma única pessoa falou, um mensageiro pouco confiável, ainda adolescente. Disse que espiou através de uma porta que se entreabriu fugazmente. Ele empalidece e menciona uma terrível múmia encarquilhada, com a pele petrificada como um mineral roxo, com bordas que cercavam escuros abismos da carne morta e evaporada. Mas tudo isso permanece na imaginação de um pobre jovem que abriu a boca uma vez e desapareceu para sempre. Teria sido trancado pelo resto da vida em um manicômio, como alguns afirmam? Ou eliminado pelos guardas de segurança por ser linguarudo? Calou-se por simples pudor? Toda especulação é inútil. Esse período permanecerá para sempre em segredo. Óbvia foi a beleza do resultado final, mas durante o longo tratamento de quase dois anos, nem sequer o General teve coragem de olhar para sua esposa. Uma única vez viu o corpo de sua mulher, de longe e submerso em ésteres perfumados. O calejado militar empalideceu a ponto de suas escoltas temerem um infarto.

Finalmente, dos cômodos que algumas ordenanças temerosamente chamavam "a clínica da Eternidade", saiu não mais a esposa do Presidente, e sim uma boneca angelical: era ela, sem dúvida, mas quando tinha doze anos, quando sua beleza era mais perfeita, sua pele mais branca e impecável e sua alma ainda não sofrera os estragos da política e da doença. O grande cientista, por sua vez, declarou à imprensa: "É um trabalho perfeito. Esse corpo é imputrescível, eterno. Só o fogo ou alguns ácidos podem destruí-lo".

— Traz fotos do corpo embalsamado? — perguntou Eligia.

— Não, só dela viva — respondi.

Ela não se interessou em olhá-las. O artigo continuava com uma inacreditável série de peripécias que o corpo da mulher sofreu desde que o General foi deposto até que a múmia desapareceu. Todas as pistas seguidas se revelaram falsas, incluídas algumas que levavam à Europa.

Eligia se mostrou particularmente interessada quando o ex-presidente civil e constitucional que a nomeara para conduzir a educação primária, e que dirigia o partido ao qual ela pertencia (partido de pessoas tão estudiosas e razoáveis que pareciam o extremo oposto dos fogosos partidários do General, e no entanto acabaram sendo seus aliados), declarava na matéria que o corpo havia sido destruído com ácido. Segundo os boatos, fora justamente o romance de Eligia com aquele presidente que havia desatado a fúria de Arón.

O artigo relatava a seguir aventuras ainda mais inacreditáveis. Encerrava-se com um informe secreto, redigido ao que parece por algum dos militares que tão eficazmente haviam planejado o sumiço do corpo. Os parágrafos finais situavam a ação num navio:

Depois de alguns minutos emergiu, pela escada que levava aos camarotes, a figura do sacerdote, já coberto com seus hábitos. Apoiado contra a amurada estava o caixão, sobre uma tábua que serviria de improvisada prancha de deslizamento. Em meio a um silêncio tenso, o sacerdote celebrou a cerimônia. O responso se elevou lúgubre, seco, sobre o convés da embarcação. A cadência das palavras rituais pareceu sedativa; os homens baixaram a cabeça e escutaram o amém final.

Depois, reduzido a sua pequenez material, o ataúde deslizou pela amurada, chocou-se contra a água com um estalo, boiou por alguns instantes e afundou lentamente.

O marinheiro não pôde resistir a se debruçar para contemplar aquele redemoinho tão simples, tão definitivo; a sonda indicava nesse ponto uma profundidade de vinte e cinco metros…

Interrompi a leitura para tirar uma velha dúvida.

— Quando eu tinha dez anos e me levaram à prisão feminina com você, foi por ordem dela?

— Não sei.

— Mas você organizou um ato em homenagem à esposa do Libertador, uma mulher do século passado, "tão do lar", no mesmo dia em que os generalistas realizaram uma marcha em homenagem à esposa do General.

— É verdade. Mas nosso ato teve quarenta pessoas, e o dela duzentas mil.

— Seja como for, vocês se odiavam.

Ela pensou longamente antes de responder "sim".

Depois da leitura, ouvimos leves batidas na porta. Era Sandie; já tinha despachado seu prato de "síria-l". Convidei-a a entrar e as apresentei com curiosidade.

— Como vai? As enfermeiras me falaram tanto da senhora.

Eu sempre tinha resistido a chamar outras pessoas ao quarto de Eligia, sem saber se as visitas lhe agradariam. Pensava que devia ter em conta que ela não poderia se levantar e sair se alguma coisa a incomodasse, mas além disso me invadia o sentimento de que a presença de alguém estranho à clínica seria ofensiva para mim.

Eligia observou o inchaço dos olhos do Sandie — todo aquele excesso de matéria — e lhe dirigiu umas poucas palavras muito amáveis. Sandie não precisou de mais para despejar com simpatia seus anglicismos e agitar as mãos sem que nem pra quê. Não ficou muito tempo. Deixou escapar um:

— Depois de amanhã, quando Marte entrar sob a influência de Vênus, será um bom momento para trabalhar sobre a catexia do nosso narcisismo secundário. Sou segura de que melhorará muito!

Antes de sair, insistiu para que eu lhe telefonasse, me passou seu número e sussurrou...

— ... e se você não me ligar, ligo eu.

Na hora de se despedir de Eligia, aproximou-se dela oferecendo a bochecha e os lábios franzidos, para lhe dar um desses beijos de mulheres — *cheek to cheek* —, mas percebeu a gafe a tempo e se deteve com um sorriso. Os braços de Sandie tinham uma pele azeitonada que parecia uma substância impenetrável e opaca, que podia ser derretida mas não aberta. Vi várias pintas no seu pescoço e me perguntei por que não as operava também, até que me dei conta de que, pela maneira como ela as exibia, devia achá-las charmosas. Quanto ao seu rosto, era para mim um mistério por descobrir; encontro às cegas. *Blind date*, teria dito Sandie.

Da grande cama não se ouviu nenhum som quando ela partiu, mas alguns minutos depois se ouviu um murmúrio entre os lençóis:

— Parece uma moça correta... Não deixe de aceitar seu convite.

V

Entre as poucas visitas que recebemos em fevereiro veio o capelão da clínica. O macérrimo religioso se mostrou bastante surpreso ao ver Eligia; os pacientes graves o intimidavam. Era um homem de traços regulares, clássicos, e uma pele vigorosa e curtida, com uma rede ordenada de profundas rugas que partiam quase todas do canto exterior do olho e se espalhavam em leque. Despontava no seu rosto uma barba grossa e rala, que crescia em todas as direções: quase branca junto às têmporas, grisalha no queixo e preta no bigode. O cabelo, ainda escuro, se esparramava livremente. Mostrava sem dissimulação sua origem humilde: seu corpo conservava em cada traço sinais de ter trabalhado muitos anos à intempérie; uma presença estranha na clínica das narigudas endinheiradas. Perguntou a Eligia se queria se confessar, e os deixei a sós antes de ouvir a resposta.

Quando o sacerdote saiu do quarto, parecia mais indeciso ainda. A maior parte do tempo tinha os olhos arregalados de espanto, mas de quando em quando os cerrava com força e todo seu corpo se concentrava nesse gesto, enquanto a mandíbula barbada afundava no peito. Então suas rugas se marcavam como leques sobre as têmporas. Tinha realizado esse gesto algumas vezes enquanto permaneci com ele e Eligia no quarto. Ao sair, depois de um instante de vacilação, repetiu o mesmo gesto. Lançou um olhar de estupor e disse que esperava nos ver na capela assim que Eligia pudesse deixar a cama, mas, quanto a mim, podia ir lá antes que ela se recuperasse.

Quando eu era criança, passei por todas as etapas habituais de catecismo, primeira comunhão de terno azul-escuro — com as primeiras calças compridas — e laço branco na manga, missas de domingo com namorada para conversar na porta da igreja. Depois, como era praxe naqueles anos, deixei de cumprir os preceitos, mas nunca cheguei a zombar dos símbolos. Aos meus colegas de estudo eu dizia que era uma tolice abrir mão de toda a arte sacra financiada pela Igreja ou, quando estava um pouco alto, proclamava que ser católico era a única maneira que eu conhecia de desfrutar dos meus pecados, mas nos momentos de maior angústia ou medo, entrava numa igreja para rezar.

Em Eligia, eu tinha notado certa branda reverência à religião, mesclada com uma displicência que podia vir do seu pai ateu ou do fato de ter iniciado os trâmites de divórcio de Arón sete meses depois do casamento — quando Arón a atacou, vinte e oito anos depois, ele a convocara justamente com o pretexto de resolver definitivamente aquela separação que sempre acabava em reconciliação, aquele apaixonado divórcio infinito. Com seus escritos judiciais era possível escrever um tratado do amor em negativo, nem tanto pelo que se dizia naquela papelada — os dois mantiveram um tom geral de recato na ação —, mas pelo que se adivinhava naquilo que os escritos não diziam. A pilha de documentos que começava com "Inicia-se processo de divórcio..." acabava remetendo àquela zona silenciosa e inexplicável em que eram gestadas tanto as reconciliações dos litigantes quanto os próximos arrancos do divórcio.

Arón, por seu lado, via a si mesmo como um rival de Deus, de qualquer Deus. Apostrofava-o com frequência, em tiradas bem longas. Nada de "maldito Deus!" ou imprecações de duas ou três palavras: dirigia-lhe discursos de igual para igual e escrevia longas cartas — a Ele ou ao Papa — que depois incluía em seus moralizantes romances pornográficos. Tinha uma especial habilidade para acabar sempre nas margens da sociedade, mas não como a maioria dos escritores mais ou menos malditos, que, por trás das suas invectivas, batem em certas portas com respeitosa tenacidade para entrar nos domínios do poder e da fama, e sim com um senso absoluto da margem, como se fosse seu mundo natural ou como se ele se sentisse o criador da margem. Na sua correspondência com Deus mostrava-se mais acusador do que iracundo. Atribuía-lhe uma indiscutível bondade e a obrigação de realizá-la na Terra, principalmente entre os necessitados. Portanto, Arón representava sem perceber um papel que ele nunca admitiria explicitamente: o de dedo-duro. Assacava ao seu correspondente a maldade do Universo num tom que ocultava, por trás do naturalismo mais cruento, aquele "olhe o que Fulaninho está fazendo, professora" dos alunos mais aplicados da escola. Como Deus não dava nenhuma mostra de prestar mais atenção nele do que no resto dos humanos, Arón se sentiu profundamente desiludido. Uma das razões do seu suicídio foi, sem dúvida, tentar humilhá-lo mostrando até que ponto havia fracassado com Arón Gageac.

De noite eu ia ao bar, onde cedo ou tarde aparecia Dina, que me tratava de um jeito diferente, com um tom jovial e fraterno. Sobre nossas conversas pairava sempre a possibilidade de que um carro parasse para chamá-la. Às vezes suas ausências eram tão breves que, quando ela voltava, retomávamos o papo no mesmo ponto. Nossos assuntos versavam sobre os novos produtos das lojas, ou nos divertíamos falando mal dos clientes dela ou dos frequentadores do bar. Mas logo esses assuntos se esgotaram e preferimos permanecer juntos e calados. Inventamos um silêncio acolhedor, no qual cada um se concentrava em seus problemas, mas perto do outro, que por sua vez estava tão amigavelmente disposto a entendê-los, que não precisava dizer nada. Depois que o bar fechava, à meia-noite, eu ficava na rua ao lado dela e a acompanhava, quando era o caso, com algum cliente que nos conhecia. Mas se o cliente fazia cara feia, eu ficava sozinho, no Corso de Porta Vigentina, bebendo da garrafinha de bolso, sob o inverno ainda rigoroso.

Numa ocasião, Dina entrou no bar com um velho magro e pálido, de carnes flácidas, que tremia a papada por causa de algum Parkinson incipiente ou porque estava emocionado. O velho me convidou a acompanhá-lo, junto com Dina, até seu apartamento.

— Não me interprete mal. Trata-se de uma coisa séria, artística.

Dina o arrastou até um canto e conversaram em voz baixa. Ela lhe mostrou a mão com os cinco dedos bem abertos, e voltou a mostrá-la uns segundos depois, mas só com quatro dedos estendidos. O velho concordou resignado. Depois Dina me pediu que eu aceitasse o convite e os acompanhasse.

Nosso amigo morava num cubículo escuro e pobre. Batemos papo por alguns minutos, como se se tratasse de uma reunião de família não muito íntima. Depois de um silêncio, o velho olhou esperançoso para Dina e perguntou: “Começamos?”. Ela deu o sinal verde com um ar sério de autoridade.

O decrépito dono da casa se retirou para o aposento ao lado e voltou vestido com um tutu de bailarina. As pernas estavam envoltas em meias e os braços numa malha, de modo que só seu rosto branco ficava à mostra. Era muito magro, mas tinha uma grande papada trêmula. Escondeu-se na parte mais escura da salinha, iluminada por uma lâmpada que, sem nenhum anteparo, pendia do teto, muito perto da porta de entrada. O velho apoiou a testa na parede.

— Vai — exclamou Dina —, mostra como você é bravo.

De costas para nós, agitou negativamente a cabeça, em silêncio. Dina insistiu várias vezes e assegurou que tinha muito interesse em ver sua arte. Ela lhe falava em tom persuasivo, expondo seus argumentos sem dificuldade, e era evidente que já se dedicara a convencê-lo em outras ocasiões, mas o velho — ao menos suas costas — se mostrava obstinado na negativa. Finalmente, Dina alegou: "Pense neste senhor, que veio da América do Sul exclusivamente para te admirar, e você não pode lhe fazer esse desplante". O velho se virou timidamente e murmurou: "Só pelo senhor crítico que viajou de tão longe".

Na sala não havia nenhum aparelho que pudesse reproduzir música, mas isso não intimidou o pobre velho, que deu alguns passos de *prima ballerina* sob a luz zenital, sem matizes, e disse: "Primeira posição", com os pés alinhados e os cotovelos levemente virados para fora. Desenvolveu uma demonstração elementar de balé, e cada novo passo era anunciado com voz áspera mas animada. Depois vinha a exemplificação. Realizava seus passos desajeitadamente, como se tivesse avançado muito pouco nas práticas da sua infância e depois tivesse dedicado toda a vida a tarefas que nada tinham a ver com seu corpo. Repetia a posição várias vezes e cumprimentava com uma reverência que eu aplaudia com entusiasmo sarcástico. Ao praticar uma *attitude croisée*, esbarrou a perna erguida num vaso, que caiu e se quebrou. Era o único enfeite da sala, muito despojada e sem quadros, embora se vissem pregos e marcas de poeira que denunciavam o fantasma de imagens já evaporadas daquelas paredes cinzentas. Com ar desolado, sentou-se num sofá de dois lugares.

— Tenho uma jornada terrível. Primeiro a caixa que não fecha. Depois um cliente mandão que me deixou desconcentrado. E claro, estas coisas prejudicam a minha arte, eu perco precisão.

Dina se sentou de joelhos sobre o sofá, muito perto do velhote, cujas costas tinham se encurvado.

— Mas não, você esteve esplêndido. Uma apresentação muito bela.

— Acha mesmo?

— Tenho certeza. Não é verdade, Mario, que esteve perfeito, igualzinho às meninas do balé de San Remo? — e cabeceou para que me aproximasse deles.

— Ah, sim; muito bem — eu acrescentava, enquanto obedecia ao chamado —, se bem que faltou um pouco de segurança na quinta posição.

— Faltou segurança na quinta? É verdade, Dina? — perguntou outra vez inquieto. — Você acha que caí tanto como para ter que me conformar com a companhia de apresentação do Festival?

— Mas não! É uma brincadeira. Você esteve sempre perfeito. Além disso, o que há de errado com o Festival? Todo mundo o vê.

Acariciou o velho de um jeito estranho, esfregando uma das mãos pela sua barriga em movimentos circulares e automáticos.

— Mario, mostra para o senhor quanto você gosta dele.

Colocou minha mão sobre a barriga do velhote para que eu continuasse com a carícia que ela havia começado, enquanto Dina, por sua vez, se dedicava a dar leves puxões em seu nariz, com movimentos iguais, sem nenhuma variação, absurdos.

Mais do que um ritual entre eles, interpretei aquilo como uma brincadeira, e decidi rivalizar com Dina inventando carícias disparatadas, só que as minhas logo ganharam um matiz debochado e agressivo que as de Dina não tinham. Ela passou alguns minutos dando-lhe tapinhas no cocuruto; de quando em quando parava e o olhava com curiosidade, colocando seus olhos muito perto dos do velho, que murmurava: "Por favor, continue".

Eu, entre outras maravilhas de ternura, inventei uns beliscões na panturrilha, através das meias, enquanto lhe dizia:

— Isto é importante, faz muito bem para os músculos e lhe dá segurança para a quinta posição.

— Sim, é muito importante para a minha quinta.

O que começou como uma brincadeira foi ganhando violência da minha parte. Eu sabia que o velho não podia protestar nem fazer escândalo enquanto estivesse vestido com seu tutu. Concentrei minhas carícias na sua papada. Dei um puxão nela e a sacudi, massageei e a apertei para que se deformasse. Essa brincadeira impedia qualquer expressão do velho, pois, quando ele tentava sorrir, eu lhe esticava os lábios até transformar seu rosto numa caricatura. Fazia o mesmo quando ele esboçava um protesto. A pressão das minhas mãos desordenava seus gestos até um ponto em que o reflexo de qualquer sentimento era impossível. Eu tratava de me antecipar às reações da minha vítima e ridicularizá-las no seu próprio rosto antes que aflorassem. Quanto mais o velho se via impedido de reagir, maior era minha energia com as mãos para modelar caricaturas com suas carnes flácidas.

Em lugar das minhas carícias cruéis, Dina dispensava ao velho meiguices e beijos, sempre no limite entre o paródico e o carinhoso. Embora não houvesse um acordo prévio, nossas zonas de ação nunca se sobrepunham, de modo que, se eu lhe puxava uma orelha e soprava nela com força até arrancar um alarido imprevisto, Dina lhe acariciava com um só dedo o ombro oposto e aplicava pequenas massagens nas suas pelancas sebosas.

* * *

Passado um mês desde sua alta, Sandie voltou à clínica trazendo uma caixa de bombons para Eligia. Convidou-me para jantar na casa dela. Já não estava enfaixada, e o inchaço dos olhos estava diminuindo. O edema atenuado lhe dava um toque sensual, dolorido e carnoso, uma nota que ela perderia para sempre em poucos dias, pois dificilmente apanharia do futuro marido; talvez só graças a um acidente de carro, a um para-brisa resistente, Sandie voltaria a ser tão sexy como quando nos fez essa segunda visita.

— Vai, Mario, vai te fazer bem sair — animou-me Eligia.

Aceitei sem pensar muito. Faltavam dez dias para a data do convite, e eu não contava o tempo conforme as medidas astronômicas normais, mas pelos serviços que prestava a Eligia: hora do café da manhã, do banho de toalha, da leitura.

Passou-se o tempo combinado. Sandie telefonou para me lembrar da reunião. O táxi me levou até a porta de um edifício luxuoso, no elegante Corso Magenta, na zona norte da cidade.

A sala do apartamento onde ela morava com o pai era decorada com grandes lajotas e colunas de mármore branco, tapetes pretos, cortinados de cetim púrpura e móveis falso império.

Sandie se recostou numa *chaise-longue* com águias douradas que pareciam cacarejar; na cabeceira, uma almofada-rolo, também preta, como todo o estofamento, servia de encosto. Ela conservava um ar levemente selvagem por causa do edema, já quase imperceptível. Tinha calculado com precisão a data do jantar, para que seu rosto já estivesse desinflamado, embora persistissem vagas sombras verdes e roxas nas pálpebras e no canto interno das olheiras.

— Você como me vê?

— Belíssima.

— Nem tanto. Ainda falta o tratamento de massagens para ativar os músculos, e de noite devo usar as máscaras corretoras por mais dois meses, mas o que menos progrediu foi a minha adaptação interior. O meu *therapist* diz que é um trabalho só comparável com um parto. Devo refletir, no meu novo rosto, as essências da minha personalidade escondidas durante toda a minha vida anterior. Vou precisar da ajuda de todos os astros e da prudência de todos os psicanalistas.

Ela ergueu um braço em pose de odalisca e o apoiou ao lado da cabeça. Entrou o pai. Depois das cortesias de praxe, fomos para a sala de jantar, mobiliada de um modo completamente diferente. O gosto luxuoso e falso do salão dava lugar a móveis do Renascimento, com uma mesa de carvalho sustentada por maciças quimeras. Não havia tapetes e as paredes exibiam naturezas-mortas, também renascentistas, com iguarias ou peças de caça prontas para irem à panela. Achei que uma sensibilidade mais sólida e sensata que a do salão tinha atuado na sala de jantar.

Pendurada na parede em frente ao meu lugar na mesa havia uma imagem do século XVI que eu jamais teria me atrevido a conceber. Na moldura, uma placa de metal rezava "O Jurisconsulto". Sob um capote com gola de peles, via-se parte de um colete muito enfeitado com flores bordadas, sobre o qual caía uma grossa corrente de ouro, sinal de que o personagem representado desfrutava do favor do imperador, mas da corrente pendia uma medalha sem inscrição nem efígie. Por baixo do colete, onde devia estar o corpo do retratado coberto por uma camisa, apareciam, em vez disso, três grossos volumes, um sobre o outro, que, fechados, se adivinhavam áridos e soporíferos. A gorjeira era de folhas de papel escritas, e um casquete preto lhe cobria a cabeça.

Todos esses elementos, representados com muita naturalidade, emolduravam o rosto mais estranho que eu tinha visto na vida, composto de frangos depenados e dispostos de tal maneira que uma asa constituía o arco superciliar, um pintinho inteiro formava o enorme nariz, e uma coxa com a sobrecoxa compunha a maçã do rosto e a bochecha. Um peixe aparecia dobrado sobre si mesmo, de modo que sua boca era também a boca do retratado, enquanto o rabo simulava uma barba.

O pintinho do nariz, depenado como seus congêneres do retrato, tinha a cabeça posicionada de tal maneira que seu olho era também o olho do jurisconsulto. Quando prestei atenção a esse detalhe, tive o choque: o pintinho depenado estava vivo. Aquele olhar tinha uma qualidade que eu nunca vira: num momento, percebia-se um ar de vítima espantada; mas se o espectador tomava distância, o olho adquiria um brilho diferente, que revelava uma sinistra mente de estrategista. Nunca, no meu constante interesse pela arte, eu tinha visto uma "anamorfose psíquica" tão intensa, de modo que o mesmo ponto de vista e as mesmas pinceladas representassem, a um só tempo, a mais despojada inocência e o cálculo frio e impiedoso. Para o espectador, nem era preciso mudar o lugar de observação se quisesse perceber a diferença; o esforço devia ser interior. Quem perscrutasse esse retrato devia forçar em si uma mudança de espírito, de atenção, se quisesse ver os dois aspectos do mesmo olho pintado. Espantou-me que esse rosto imaginado quatrocentos anos atrás conservasse o poder de revelar dois estados de sinal moral opostos e sobrepostos. Reconheci no segundo olhar que o retrato emanava — o frio e impiedoso — uma matéria tão concentrada no mal que tinha perdido a consciência de si mesma e exalava aquela mesma qualidade maligna de não poder se reconhecer que eu até então atribuíra às rochas, aquela perversidade além das possibilidades humanas, instrumento da transrazão, que de súbito eu encontrava encarnada desde tempos remotos, como se as rochas configurassem, por trás da carne sem penas, uma aterradora e oculta referência ao deserto.

*

— Vejo que lhe praz o meu Arcimboldi. O meu marchand diz que agora vale uma fortuna. O senhor sabia que era um pintor daqui, de Milão? Ao Duomo se podem ver algumas vidraças desenhadas dele. Faço sentar as minhas visitas aí, precisamente onde o senhor está, porque cada uma vê qualidades diferentes nesse quadro. Me diverte ver as reações daqueles que olham esse retrato. Há quem me peça que o mude de lugar… O senhor me diz que vê dois estados de espírito localizados no mesmo ponto do olho, mas que nunca coincidem no mesmo tempo, que se sente como se o tivessem feito engolir por força uma contradição que não quer levar no seu interior, que de modo algum lhe estimulou o seu apetite. Curioso. Eu vejo ali claramente a falta de vontade. Pense, de onde vem o fascínio desse retrato se não do contraste tão evidente entre as roupas e os livros do jurista, que simbolizam uma ordem social, e o caos do seu rosto? Esse contraste torna evidente, para mim, aquilo que está ausente no quadro. Sabe o que falta a essa carne de frango depenada e em contato com outras carnes que não são da sua raça, como a do peixe? Vontade! Vontade de ação, de domínio, de coesão… Mas o senhor sabia que Arcimboldi conhecia os cadernos e escritos de Leonardo? Sabe que coisa fez Arcimboldi com os ensinamentos de Leonardo? Esfregou nos fundilhos! Bom, somos também assim, eu e os meus amigos! Que não nos venham com idealismos florentinos. Nós somos gente de ação, de trabalho, até na arte. O senhor, que mostra tanta sensibilidade, tem muito que aprender nesta cidade. Não sou eu, modesto comerciante, quem lhe poderia ensinar, mas um dia lhe apresentarei o

meu amigo marchand, que foi quem me explicou o significado desta pintura e o seu valor. Herdei o quadro e estes móveis de sala de comer da mãe de Sandie, mas minha falecida esposa tinha a cabeça plena de preconceitos tradicionalistas... Não me diga que este Arcimboldi não via as coisas com audácia depravada. Eu o odeio tanto que me fascina. Nada de perspectiva, nem de espaço racional, nem de movimento localizado! Segundo o meu marchand, Arcimboldi descobriu que a justaposição, a falta de perspectiva e de escala despem a carne muito mais que todas essas reflexões tão racionais. Com perspectiva, só há cópia da natureza; só a falta de escala permite a mistura de carnes, a expressão da irracionalidade de cada ser, que assim, pela ausência de normas, se torna em carne disponível para o garfo ou o canhão. Para comer ou fazer a guerra, precisa deixar de lado a razão. Arcimboldi fez da Enciclopédia um labirinto; de Lineu um ensopado; da anatomia um bocado, e tudo isso antes que existissem a Enciclopédia, Lineu e a anatomia. Com quatro pinceladas! Mas o nosso artista milanês não escolheu qualquer tema. Escolheu como motivo central matérias orgânicas, comestíveis. É ainda mais famoso por seus rostos compostos com frutas suculentas e grandes hortaliças.

— Sim, sim... Eu vi alguns desses em Viena e no meu país.

— No seu país não pode haver Arcimboldi frutais. Não têm suficiente cultura, lábaixo; além disso, valem uma fortuna desde que apareceu essa história do surrealismo. E muito menos pode haver de vocês estes Arcimboldi que o meu marchand chama "carnais", feitos com leitões, peças de caça, peixes e frangos. Eu me pergunto se ele montaria verdadeiros modelos antes de pintar. Imagine os criados esperando o patrão terminar o trabalho para poder devorar o modelo. Um rosto de frangos assados sobre um corpo de livros. Antropologia gastronômica! Sabedoria intestinal! Uma cabeça de matérias consumíveis pelo dente e um corpo que se consome com os olhos. Pode-se imaginar coisa mais sensual que

o rosto como desejo do estômago? Para cúmulo, do estômago do outro: o rosto comestível! A figura, o pensamento e a ação, todos reunidos no mesmo ato... Isto é Milão, o lugar onde o poder é sempre autêntico. Aqui se fundaram os fáscios, que eram a força de vontade do esquadrismo. Depois foram para Roma... e Roma, já se sabe... Milão não quer ser Roma. Lábaixo foi sempre o reino da burocracia e do calor. Antilavorativa! O expediente em vez do trabalho. Não, Milão não quer ser Roma. Não precisa destas vagas de turismo no verão. Milão é sempre ela mesma, a única cidade italiana que permanece italiana o ano inteiro. Milão também podia ter sido Veneza, sabia? Ainda recordo os navigli, a rede de canais com um porto completo em Porta Ticinese. Recordo perfeitamente os velhos navigli, com as pontes e as escadas de pedra que desciam até a água. Não havia tanto brilho e espavento como em Veneza, mas se quiséssemos, teria bastado um pouco de "saneamento arquitetônico", e pronto, uma segunda Veneza!, ou pelo menos uma cidade de Bruges. Mas não. Aqui resolvemos tapar os canais, enterrar Veneza... Sim, é verdade, não precisamos daqueles turistas mal-educados. Nós, os milaneses, o milagre italiano o fazemos com as nossas próprias mãos. Além disso, aqui não fazem falta milagres, faz falta ordem e espírito de luta! Alguém que ponha ordem! Milão é lutadora. O senhor acha que antes, com o fascismo, era outra cidade. Não é verdade que acha isso? Me diga!

— Não! Se eu penso como o senhor.

— Não me incomoda esta democracia, enquanto houver negócios para fazer, mas reconheço que aquele Mussolini dos primeiros tempos era todo um homaço. Precisava ver como liquidou a greve geral que tinha combinado Turati em 31. Depois errou na política externa. Mas o seu programa interior! Lei, ordem e trens pontuais. Na Itália, fazer que os trens cheguem na hora é a verdadeira revolução, nada de Revolução Francesa ou Industrial! Milão tinha o fascismo do trabalho, da ordem... A alternativa eram

aqueles partisanos comunistas; só queriam meter medo nas mulheres e cobrar tributo dos empresários. Recordo que em dezembro de 44 os partisanos fizeram explodir uma bomba em um cinema.

— Que horror! Eu me considero um inimigo pessoal da violência, sabe?

— Mas veio Mussolini e passeou por toda Milão, em pé sobre um carro conversível. Todo o mundo o aplaudia pelas ruas. A paz era ele! Foi ao Lírico e fez um discurso para as pessoas contra os comunistas. Uma verba!... Pobre homem, no fundo, se sacrificou por nós. Quando os nazistas o resgataram de Campo Imperatore, ele já não queria saber de nada com a política, mas Hitler o obrigou a assumir em Salò, aquela República Social que não era nada. "Se não", disse ele ao Duce "trataremos a Itália como a Polônia." Mussolini compreendia verdadeiramente a Itália. Veja estas leis de residência: cada um na sua casa, na sua aldeia, na sua região! Não é justo? Me diga!

— Certo, me parece justo. Não existe melhor lugar que o lar.

— Agora, em vez, nos mandam para cá todos esses meridionais. A guerra da Abissínia, ele a fez para ter um lugar aonde mandar nossos emigrantes sem perdê-los, não como toda essa brava gente que foi para a América do Sul e se perdeu para sempre. Que situação absurda! Italianos de pura cepa trabalhando em uma semicolônia britânica... Nos meus livros da escola, lá pelo começo dos anos 30, já estavam desenhadas essas planícies de vocês com os trens ingleses: uma semicolônia, e a nossa gente lá, pegando sabe-se lá que vícios, que fraquezas, naquele país de abundância infinita... Leis raciais? Aqui? Bom... algumas foram promulgadas, para ficar bem com Hitler, mas quando os ministros lhe perguntavam, o Duce respondia "Ignorem essas leis!"... Só uma vez em todos aqueles anos de guerra cruzei, em uma viagem de negócios pela Dalmácia, com um grupo de civis escoltado por oficiais. Perguntei aos militares o que aquela gente havia feito, e me responde-

ram: "Hebreus; os portamos para o norte". Uma única vez em todos aqueles anos, e não era nem sequer na Itália. Além disso, aqueles civis que levavam para o norte estavam todos muito bem vestidos e cada um levava a sua boa mala; não acredite naquilo que o senhor vê nos filmes de hoje... Me pergunta sobre os ciganos? Mas coisa se crê? Que isto aqui é Sevilha?... Nem é verdade que tenha havido tanta escassez de artigos durante a guerra. Talvez algumas bobagens. Mas você podia ir ao Firenze, na Via Manzoni, ou ao Biffi Galleria, e comer um pratão de risoto com vinho livre, tudo por uma lira; e ainda por cima lhe davam a tangerina. E que risoto! Nada de molhos, desses que comem os franceses sem saber que coisa estão metendo no seu bucho. Aqui gostamos de tudo bem claro: um pouco de sabor de caldo, mais tomate, parmesão, mozarela e orégano, tudo bem separado e espalhado diretamente sobre o arroz. Cada ingrediente à vista, bem claro, não como agora, que cobram o olho da cara por esses pratos pretensiosos feitos de sobras. Eu me recordo que, no pior da guerra, andávamos chutando os vidros da cúpula da Galeria, e mesmo então tinha de tudo... Como estava a cidade! O Corso em ruínas. A Rinascente arrebentada. Quem sabe quantas vendas se perderam!... E depois do trabalho — sussurrou aproveitando que Sandie tinha se levantado para servir a sobremesa —, para o bordel! Para matar a vontade! Aqui, em Milão, todos prostíbulos de cinco e dez liras, não havia nem um só de duas. Tudo controlado, todas as putas com a sua caderneta branca. Uma vez por mês, exame. As doentes para o hospital! Não como agora, que andam pela rua, misturadas com as pessoas decentes. E se íamos ao prostíbulo era por razões de boa educação, para não ter que cavalgar nas senhoritas de boa família — me olhou nos olhos. — Entende que coisa eu quero dizer, não? Tudo diverso destes dias em que, com os prostíbulos proibidos, os jovens não fazem diferença entre uma mulher honesta e uma puta. Claro que ainda, conhecendo os endereços certos...

* * *

Sandie voltou com um tiramisu. Ela não fingiu que o tivesse preparado. A sobremesa tinha todas as qualidades opostas a Sandie: equilíbrio de construção, de sabores, de camadas, e os biscoitos chegavam à mesa no ponto de encharcamento exato; *good timing* da cozinheira.

Seu pai se retirou depois de uma breve conversa digestiva. Antes de deixar a sala de jantar, colocou no meu bolso seu cartão de visita com o endereço de um prostíbulo e me fez um sinal de advertência pondo o dedo indicador sob um olho. Inclinou-se para mim e me sussurrou ao ouvido: "Se não tiver dinheiro, não faz mal. Diga que vai da parte do comendador Mellein; mostre o cartão, e que ponham na minha conta".

Quando ficamos a sós, ela me convidou ao seu quarto de estudos. Pela terceira vez, a decoração mudou radicalmente, como se eu tivesse estado em três casas na mesma noite. O sofá e os móveis tinham braços de madeira curva clara e pés finos com ponteiras de bronze. O estofamento era de plástico, de um verde artificial com listrinhas brancas.

— Seu pai esteve muito atuante durante o fascismo?

— Mais ou menos. Você também teria colaborado. Era a pátria contra os estrangeiros. *Your life or mine*.

— Mas Mussolini era um violento, um irracionalista.

— Por que te interessa Mussolini? Eu nem tinha nascido. Na guerra, todo mundo se faz mal. É bobo?

— Me interessam as pessoas que fazem mal, porque as odeio. É natural.

— Então você está em uma confusão, porque odeia todo mundo. Mussolini não te faz mal agora... E além disso, todos esses discursos sobre o quadro. Mamãe tinha um par de obras autênticas, mas o resto foi papai que acrescentou, depois que ela morreu. São quase todos falsos. Como ele te pegou em giro!

Acendeu um cigarro e jogou o fósforo num cinzeiro que era também um rádio de pilha.

— Você se preocupa com muitas coisas ao mesmo tempo. Precisa se focar, fazer da sua mente um refletor espiritual. Assim você canaliza todas as suas forças em uma mesma direção cósmica e entra em ação harmoniosa... Espera um segundo, e você vai ver o que comprei hoje!

Jogou seus sapatos para o alto foi descalça até seu quarto, caminhando sobre uma esteira de palha. Voltou calçando um par de pantufas adornadas com uma pelúcia rosada, que cobria o peito dos pés, e uma luz vermelha na dianteira de cada chinelo, bem em cima das aberturas por onde despontavam as unhas, pintadas de fúcsia.

— São para evitar que eu tropece quando me levanto de noite. Olha um pouco! — e apagou a luz do estúdio.

As rugosidades da esteira se transformaram no centro do mundo. De Sandie só restou uma sombra que foi até o toca-discos para pôr Rita Pavone e depois se acomodou no sofá. Sentei de frente para ela, a dois passos de distância. Quando ela pôs os pés sobre o sofá, as pantufas iluminaram minha calça sobre o joelho.

— Olha, a política é o mundo exterior, ali onde o homem é mais à vontade. Se você quer ser democrata-cristão ou socialista, sem problemas para mim, contanto que não vire comunista. Isso não! Comunista não... Quanto a mim, me deixe a função feminina, que é o mundo interior, o espírito, ali onde me sinto mais confortável. O feminino nunca será completamente conhecido. Só o podemos intuir nós as mulheres, nos nossos sonhos, que só nós mesmas entendemos, quando os comentamos com os nossos terapeutas.

Girou levemente o pé, e a luz vermelha deslizou sobre minhas calças até parar na entreperna.

— Te falta calma, equilíbrio. Eu li em uma revista sobre um exercício para casais que harmoniza os dois com o cosmos.

Ela se sentou na esteira e suas sandálias apontaram para uma falsa lareira branca e para um vaso sobre o friso, com uma planta que consistia apenas numas poucas folhas lanceoladas, mais parecidas com sabres retorcidos do que com vegetais.

— Vem cá, senta aqui comigo, costas contra costas. Você tem que entender que é o princípio exterior e eu o feminino interior. Tem que pensar que nós dois somos um, e que, porque somos um, não procuramos nem precisamos nos compreender.

— Tudo bem… mas não com Rita Pavone.

Trocou o disco por uma música melosa, e nos sentamos no chão, costas contra costas.

— E não sei por que tanta preocupação com aquilo que possa ter dito meu pai. Faz como eu. Digo "sim" e faço a minha vontade. Ele é bom, sabe? Basta consentir uma das suas fanfarronadas, e te dá o que você quiser. Não é nada bobo; um lince para os *business*. Mas para que tanto Mussolini e tanto papai! Você tem o Édipo mal resolvido? Sabe coisa é o Édipo? É odiar o progenitor do mesmo sexo. *Tutta tua* explica isso bem claro: o menino se interessa primeiro pelo pai, depois quer substituí-lo em tudo, até na cama, porque o pai é o seu ideal. Me segue? — tocou no meu ombro para que eu me virasse e a encarasse.

— Sei o que é o Édipo, mas não, não acredito que eu tenha Édipo, no meu caso…

— Todo mundo tem…

Sua cabeça se aproximou perigosamente.

— Eu não… Além do mais, Sandie, você é uma menina decente e eu não posso fazer esse traimento a teu pai embaixo do seu próprio teto… Eu te respeito e gosto de você, te esposaria, mas não sei coisa será de mim, nem se vou poder dar-te a qualidade de vida que merece, comprar essas lindas pantufas e os porta-cinzas com rádio... Minha família vai falir depois do tratamento de Eligia, e eu não sou um lince para os negócios.

Fui embora e nunca mais a vi.

VI

No final de março de 66, os médicos consideraram que o retalho de Eligia tinha pegado e tiraram os aparelhos ortopédicos e o imenso gesso que lhe mantinha um braço erguido junto ao queixo. Daí em diante, as cirurgias passaram a ter um viés positivo, consistindo em distribuir de forma funcional a matéria ganha.

Aproveitamos a melhora para que ela desse seus primeiros passos depois de muitos meses, breves excursões pelos corredores, sob o olhar horrorizado das narigudas que, em vigília de bisturis, zanzavam nervosas à espera da próxima leva de operações. Quando o andar de Eligia ganhou firmeza, resolvi fazer uma visita que devíamos havia tempo. Um domingo, bem cedo, fomos à capela da clínica, moderna, com vitrais alegres e altares claros e estilizados. Sentamos num canto escondido, onde o oficiante não podia nos ver. Havia poucos paroquianos; todas enfermeiras e arrumadeiras meridionais. O mesmo sacerdote que nos visitara no quarto oficiou com fé intensa. Depois lançou um olhar assombrado para as jovens e deu seu sermão.

*

— Aproveitemos que nesta missa matinal não há pacientes e podemos falar de assuntos que vos interessam em particular, mulheres jovens, sozinhas, distantes do lar, em uma cidade cheia de tentações. Vos falarei das tentações da carne. Sois criaturas em situação perigosa, abandonadas às suas próprias forças. Este é precisamente o primeiro sentido da palavra "carne": aquele de uma criatura que foi abandonada do amparo de Deus. Já está claro em São João: "O espírito é aquele que dá a vida. A carne não serve a nada".

Duas arrumadeiras sussurraram à nossa frente.

— Aonde você foi ontem à noite, danadinha?

— Ao cinema, ver um filme com o Newman.

— Qual?

— Criminosos não merecem prêmio. *Ele faz o escritor bêbado.*

— Como esteve?

— Querem matá-lo, porque, sem saber, ele se coloca no caminho dos malvados. Denuncia a conspiração de um serviço secreto, mas ninguém acredita. Nele! Com aquela boquinha que insulta e beija ao mesmo tempo. Depois o jogam na água quando passa um transatlântico. O jogam do alto de um transatlântico! Não prestei muita atenção porque estava acompanhada... Ele tem sempre um ar de quem nunca sabe o que vai fazer no próximo segundo... Aquele nariz de boxeador junto daqueles olhinhos de bebê desamparado. Hummm!... Como me praz! Não terei um Édipo com este Newman?... Mas não! Imagina se eu vou ter Édipo!

— … Mas por baixo desse primeiro estado, dessa ideia de "matéria viva deixada da mão de Deus", há — nadademenos — um estado pior. Já não encontramos aquilo que foi abandonado, e sim aquilo que foi possuído pelo desejo do prazer imediato: já não é um elemento indiferente ao espírito, mas um elemento oposto a ele, instrumento do Diabo. Por isso São Paulo fala da necessidade de escravizar e castigar a carne: "Me imponho uma disciplina e domino o meu corpo"…

— Não entendo essa parte do sermão — eu disse a Eligia —, de que prazer imediato ele está falando?

— Ele fala bem, de um jeito espontâneo. Logo se vê que ele fez suas Humanidades a fundo.

— E você é andada ao cinema com o Stefano? — perguntou a mesma funcionária para sua colega.

— Sim, mas ele não é Paul Newman.

— E te tocou?

— Um pouquinho.

— Não se faz de interessante e me reconta tudo!

— … Mas não devemos exercer uma disciplina que procure aniquilar, negar, mas que procure reconquistar e transfigurar a carne para levá-la a um estado espiritual positivo…

— … e aí ele me deu um rádio portátil tão pequeno que se pode levar em qualquer parte, na carteira, no sutiã, posso ouvir música enquanto trabalho…

— … mas, qual o teu número de sutiã?

— … Transfigurada, a carne se predispõe à alegria de Deus. É… — a voz do sacerdote se elevou e vacilou suspensa num silêncio indeciso, depois retomou um tom natural, como que arrependido do caminho que estivera a ponto de seguir — … Se transforma em um instrumento da boa vontade, instrumento para fazer o bem aos outros, o qual resulta particularmente importante para vós, que escolhestes uma profissão humanitária. Já não é a carne con-

tra o espírito, mas a carne que estende a mão para ajudar o próximo e, através do necessitado, ajudar o seu próprio espírito...

— *É exatamente o que eu penso!* — *murmurei para mim mesmo.*

— *... pensai na vossa experiência, pensai nas horas perdidas que passais no cinema ou diante da televisão, horas em que a vossa carne "não vale nada", como diz São João, e isto sempre que estiverdes assistindo a um programa saudável; outramente, se vos empenhardes em assistir a um programa dos maus, vossa carne se converterá em má e "com um desejo de prazer", como diz São Paulo; isso vos acontece quando assistis a algum programa desses planejados pelo demônio ou pelos comunistas. Levantai por um momento um ângulo dessa tela de perdição! Espiai coisa há do outro lado. Como se fosse uma mortalha, a tela esconde atrás dela a sua própria caveira e os seus despojos. Vós mesmas estais ali enterradas, ao final de uma vida de ociosidade, desperdiçada diante dessas imagens enganosas e tentadoras: contemplai o vosso cadáver, decompondo-se atrás da tela, como bem sabeis que ocorre com os corpos que, cobertos por um lençol, todo dia retirais dos quartos para os túmulos, carne já indiferente a Deus, até que o Juízo Final a restitua. Só se durante a vida aproveitastes a oportunidade que Deus vos oferece, vos reconciliareis e reconciliareis a vossa carne com o espírito. Pois bem diz o santo: "Alegraremo-nos em Deus por nosso Senhor Jesus Cristo, por meio do qual alcançamos a reconciliação".*

— *Não me recordo o número do meu sutiã porque o deixei na casa do Stefano. É menor que o da Sommer, isso eu garanto. Coisa terá visto o Newman naquela alemã?*

— *... Por isto, só mediante a disciplina e a piedade podereis dominar a carne, e uma vez dominada esta, dominareis melhor todo o medo da morte, sereis donas dos ossos poeirentos do vosso corpo. Fareis uma boa negaça à morte, que tanto vos amedronta* *quando se leva um paciente. Vos direi um segredo: todos aqueles artistas cujas obras vedes nas igrejas, que representam uma morte terrível, de viso horroroso, que faz dançar os humanos — do Papa ao camponês — não são verdadeiros cristãos...*

— *São uns violentos, uns irracionalistas — sussurrei ao ouvido de Eligia, que não tinha o menor interesse na arte.*

— *... Para o verdadeiro cristão, para aquele que dominou a sua carne, a morte não passa de um resfriado passageiro, criancinha frágil que tenta assustar os seus maiores. Os eleitos não morrerão, são libertos do medo e sabem que a única coisa mortal é a pobre morte. Eis aqui que deveríamos ter pena dela, das putrefações da carne, dos seus ossos enganosos e provisórios!*

— *Sente, estive distraída... se a caba me perguntar sobre o que o padre falou hoje, o que eu digo?*

— *Que devemos limpar bem o quarto depois que alguém morreu nele. Vamos que se faz tarde! Esse aí não acaba nunca.*

Em poucos minutos, quase todos os paroquianos abandonaram a asséptica capelinha, para pegar no turno da manhã. O sermão prosseguiu por um bom tempo, e o recinto se esvaziou sob o olhar assombrado do capelão, que refletiu enquanto se concentrava com seu típico gesto de fechar os olhos, cravar a mandíbula contra o peito e estender sua rede de rugas sobre as têmporas. Depois os abriu, lançou um olhar circular e lento à capela vazia e disse em voz baixa, mas com determinação: "Que me sancionem outra vez, agora!". E com tom inflamado continuou pregando:

— *Porque não fomos feitos segundo o modelo da morte, mas segundo o modelo do amor, o modelo da carne apaixonada que o Filho adotou quando se encarnou por amor infinito. Que maravilha! Alguém afinal que, em vez de exercer todo o poder que tem, impõe-se limites deliberadamente. Uma* kenosis, *um empobrecimento voluntário de Cristo, que abdicou de compreender o mal e lhe bastou padecê-lo; assim como, no Antigo Testamento, Javé se contrai e reduz voluntariamente para deixar espaço ao homem e à sua liberdade...*

— *Vê-se que também sabe grego, que inveja!* — *exclamei.*

— *... Este é o modelo: devemos amar tanto quanto temos sido amados. Na origem, quer dizer, no amor Dele, "tanto" quer dizer "infinito". Depende de nós manter esse nível. "Como?", vos perguntais e me pergunto. A resposta já está no Antigo Testamento: se amamos sem limites um outro que não o merece, cedo ou tarde a grandeza desse amor transformará o outro em alguém digno desse amor. "Amor", essa palavra tão repetida nas cançonetas que enchem vossas orelhas, é a palavra, e não "dinheiro", nem "guerra", nem "destruição", como creem os senhores do mundo...*

— *Que horror, a violência!* — *disse Eligia com silente convicção.*

— *... Esta é a interpretação do amor, segundo o profeta: "Porque eu sou Deus, não um homem/ No meio de ti eu sou o Santo/ e não gosto de destruir"... Durante este Concílio no Vaticano estamos vendo muitas mudanças, mas essas palavras não mudarão, vo-lo assegura o mais insignificante dos homens.*

Repetiu seu gesto de concentração; depois olhou extático para o vazio.

— *Acabaremos por compreendê-las cabalmente, pelo bom caminho... ou pelo mau...* — *hesitou, desta vez apenas um segundo, e prosseguiu com alegria.* — *Nessas palavras nos encontraremos todos, cedo ou tarde, e se então já não restarem palavras, nos encontraremos no corpo crucificado que se despiu para que todos nos possamos reconciliar na carícia desse corpo...*

*

No final dessa primavera, o professor Calcaterra apalpava com muito cuidado o rosto de Eligia, principalmente sua cavernosa bochecha direita. Tive a impressão de notar uma vacilação desapontada nos movimentos dos seus dedos, enquanto Eligia lhe perguntava quando cobririam aqueles buracos. O professor respondia evasivamente.

— Algumas cicatrizes hipertróficas... Veremos.

Nosso médico tinha várias maneiras de observar as feridas: ora as raspava, ora aplicava uma lente sobre suas partes mais congestionadas, mas por fim sempre acabava confiando no tato. Até que num dia de primavera ele se explicou: seria necessário um segundo retalho, o material que havíamos conseguido com o primeiro era insuficiente. Eligia não disse nada. Tentei animá-la, dizendo que precisavam de mais "material" justamente para fazer um trabalho perfeito, expliquei que ela não tinha sofrido todas as peripécias anteriores para agora desistir ou desanimar, justo nesse ponto. Na verdade, em nenhum momento Eligia tinha dado algum sinal de desistir ou desanimar, nem nesse dia primaveril. Simplesmente, não disse nada.

Nessa noite bebi muito. Dina me pediu para acompanhá-la até a casa de uns clientes que marcaram com ela pelo telefone, rapazes bons e conhecidos.

— Então por que você quer que eu te acompanhe?

— Porque você é meu amigo, e eu acho que está muito mal. Não quero deixar-te só.

— Quem te disse que estou mal? Pare de fazer diagnósticos estúpidos.

— Vamos! Eles têm um bar com todo tipo de uísque.

Caminhamos por uma parte da cidade de construções revestidas de pedras polidas, lascadas ou lajeadas. Não havia superfícies lustrosas e claras, das que são comuns em Roma. Dina tirou da carteira um chaveiro com iniciais douradas que não eram as do seu nome. Entramos em um grande saguão escuro. No corredor, por onde podiam passar dois automóveis, via-se uma luz confusa. Avançávamos às escuras, em silêncio. Quando chegamos ao final, ela virou à esquerda e apertou o interruptor. A luz tênue se transformou numa forte claridade que iluminou uma enorme vidraça. Do outro lado, em lugar do pátio cinzento que meus olhos esperavam ver, crescia um jardim bem cuidado, de inesperado frescor. Nada na fachada nem no corredor se prenunciava aquele recanto viçoso.

Toda a arquitetura que abraçava aquele jardinzinho se apresentava com um gesto ameaçador e plúmbeo, mas as urzes, cedros e zimbros, entre os quais se entreviam azaleias purpúreas e, no centro, um pequeno freixo, plantavam-se impecáveis, ainda que não frondosos, ante meus olhos. Permaneciam num modo de latência expectante, reservando a exuberância e a luxúria para quando chegasse o verão. Essa flora urbana, tão civilizada e prudente, tinha uma maneira coletiva de existir, com orientações e formas que se complementavam de espécie a espécie. As austeras urzes instigavam os românticos zimbros e lhes indicavam as direções da liberdade; as azaleias assediavam com sua cor forte a copa esférica e ainda sem florescer do freixo. Essa sábia complementação criava, por relações de cores e formas, um espaço harmônico que parecia muito maior que o espaço que um geômetra chamaria de "real" ou perspectivo. O espaço do jardinzinho era feito por colaboração, com cada planta perguntando à vizinha e consultando a totalidade antes de construir sua própria plenitude. Fiquei hipnotizado, tentando recordar o que havia feito de errado.

O apartamento revelou-se uma garçonnière de novos ricos industriais, com muito brilho violeta, rosa, fúcsia e salmão. Eram dois empresários que não passavam dos quarenta.

— Você não tem gravata? — perguntou-me o mais jovem, poucos minutos depois que Dina nos apresentara (para eles: "é um primo que bebeu um pouco demais"; "são velhos clientes, amigos de confiança", para mim).

— Quer uma? Escolhe, no armário tem muitas. Depois vai e compra um pouco de comida — falou com a maior boa vontade e me deu uma nota imensa, quase um lençol. — Perto do ângulo de Via Spartaco tem um restaurante com boa cozinha. Quero um prato de carne, uma costeleta bem recheada ou algo assim.

— Fica muito longe?

— Como, você não tem máquina? Pega as chaves da minha. Eu tenho duas... E agora, que espera?

— Não sei dirigir.

— Ai! — soltou meu novo e magnânimo amigo, enquanto Dina ria e o outro homem parecia irritado. — Pega um táxi — disse estendendo outra nota, esta ao menos de um tamanho mais discreto.

Quando eu ia saindo, Dina me disse com um sorriso: "Escusa esses dois, é o milagre econômico que os deixa assim". Quando voltei, não havia ninguém na sala e se ouviam rangidos no quarto. Não eram tão bem abastecidos assim. Tinham garrafas italianas e francesas, mas nada de escocês. Bebi qualquer coisa, até que Dina saiu do quarto e se fechou no banheiro. O homem mais jovem me pediu comida. Apontei o pacote na cozinha.

— Põe no forno e serve para você também. Está com uma cara péssima.

Sentamos os quatro à mesa, na cozinha. A comida era um acinte: umas costeletas desossadas à milanesa, recheadas de miolo de pão, presunto e um queijo que escorria pelas bordas e formava um leito pastoso com as maçãs fritas que serviam de acompanhamento. A carne quase tinha desaparecido entre tanto grude e fritura, e ao cortá-la, em vez de simples sangue autêntico, supurava queijo fundido. Dava a sensação de estar comendo carne de marciano, não de boi. Senti saudade dos bifes do meu país.

— Está chateado? — Dina me perguntou ao entrar na cozinha.

— Não, mas não tem uísque escocês como você me prometeu.

— Ah, mentiroso! Você tinha me prometido do melhor para meu primo — disse Dina, dirigindo-se ao mais jovem.

— Acabou, sei lá.

— Agora pega a tua famosa segunda máquina e vai comprar uma garrafa de uísque escocês.

O jovem hesitou por um momento; depois se levantou relutante. Seu amigo o segurou pelo braço.

— Mas que está fazendo? Ficou louco? Esqueceu que é uma puta?

— Que foi?... Pensou que eu ia obedecer? — devolveu o moço, e riu forçado. — Ahu!, nada de uísque para o boneco — e a encarou sarcástico e desafiador.

— Ah, é assim? Então vamos embora.

— Mas vai, e leva com você esse vadio sem sangue — respondeu o mais velho, em tom aborrecido.

Dina foi até o quarto e se vestiu lentamente, para lhes dar tempo de repensar. Na cozinha, o mais velho não se movia; o mais novo fez um gesto de contrariedade e murmurou "mas... é bela". Eu tratava de beber a maior quantidade possível da garrafa de vinho que eles tinham aberto.

— Ahu, devagar! — gritou o mais novo. — Pensa nos outros.

Dina voltou vestida e anunciou:

— Bom, eu vou. Paguem o que me devem.

— Um cacete, te pagamos — disse o mais velho. — O combinado era por toda a noite.

— Sente, eu fiz o que tinha que fazer. Quero meu dinheiro. Isto me acontece por confiar em "velhos clientes".

O homem se levantou e abriu a porta de rua.

— Via!

Dina olhava fixo para o mais novo, enquanto o mais velho repetia:

— E então, ficou surda? Via.

— Não vou enquanto não me pagarem.

Sem muita violência, o mais novo a pegou pelos cabelos.

O corpo dela se retorceu sensualmente; lançou alguns golpes com as mãos abertas e arranhou o rosto do rapaz enquanto respirava entre soluços. Acabou no corredor da escada. Caminhei até ela; ouvi o golpe da porta se fechando assim que cruzei a soleira.

— Te machucaram?

— Não — respondi.

Quando descemos, entramos no jardim. Para encontrar o acesso, Dina acendeu a luz do saguão; dali a um minuto se apagou, quando já havíamos penetrado no verde.

— Deixei o rosto do mais novo marcado... e não lhes saiu de graça.

Tirou da bolsa uma estatueta de porcelana que representava uma banhista dos anos vinte, em pé, com uma grande toalha azul-clara e um traje de banho com sainha, uma autêntica bugiganga.

— Te agrada?

— Não.

— Quem sabe quanto vale?

— Nada.

— Mas quê? Você é antiquário?

— Não precisa ser antiquário para ver que não vale nada.

— Alguma coisa vão me dar…

— Nada… Você, para os negócios… um desastre!

A estatueta se balançou nas mãos de Dina. Depois ela a colocou num chafariz em forma de concha que se projetava do muro dos fundos. De uma máscara de leão borbotava um fio de água que bateu na porcelana. Com o volume adicional da estatueta semissubmersa, uma quantidade de líquido se derramou da concha sobre um pequena lagoa no chão; houve um ruído surdo e reflexos na penumbra. Depois o gotejar foi-se regularizando até se assemelhar a um tique-taque de relógio. Dina molhou as mãos e as passou em mim, primeiro na testa, depois introduziu os dedos entre meus cabelos. A umidade me causou o efeito de uma transfusão de sangue fresco. Senti que o choque dessa água tímida e eficaz sossegava o turbilhão do meu sangue.

— Então eu vou — anunciou Dina. — Tchau. Aguenta, você é forte.

— Aonde você vai?

— Retorno com aqueles dois. Preciso do dinheiro e, mesmo que você não acredite, eles têm necessidade de mim.

— Tchau.

Os encontros com Dina me abasteciam de uma cota de acontecimentos imprevisíveis que compensava a vida sistemática da clínica; eu a usava para atrair eventos capazes de me aliviar das incertezas do tratamento de Eligia. Com frequência surpreendia a mim mesmo observando com atenção a cor de um enxerto e, com mais atenção ainda, tentava recordar a cor que aquilo tinha no dia anterior, para inferir de uma diferença de matiz o desenrolar favorável ou desfavorável do processo. Acontece que é muito difícil reter um matiz; as cores exigem o presente, a comparação imediata. O exame permanente daquela pele me desassossegava: por momentos, pensava que a evolução era favorável e, em outros, a necrose me parecia inevitável. Teria enlouquecido, mas Eligia tinha a virtude de gerar vida calada e forte em todas as circunstâncias em que estivesse; seus enxertos germinavam em qualquer forma que os aplicassem. Mas minha desconfiança persistia, e observava com apreensão as secreções naturais das feridas nos extremos do novo retalho, como se em cada uma delas pulsasse a ameaça da infecção. Essa matéria em trânsito do braço ao rosto levava também toda minha esperança.

Na hora em que eu tinha que lhe dar o alimento (não o chamo de almoço nem de jantar porque não se compunha dos pratos habituais, e sim de uma porção generosa de um líquido espesso e de cor indefinível), a situação adquiria um aspecto infantil que me parecia ridículo. Para proteger os enxertos, eu a cobria com vários babadores. Eligia não podia mastigar porque sua mandíbula tinha muito pouca mobilidade e os médicos a aconselharam a não fazê-lo, para não pôr em risco seus retalhos, portanto se limitava a sugar o líquido quente e amarelado. Minha tarefa consistia em aproximar a sopeirinha, mantê-la perto da sua boca e cuidar para que nenhuma pelota obstruísse o canudo: uma missão simples, mas que exigia certo grau de atenção, porque eu tinha que segurar a tigela a cinco centímetros do seu rosto e do segundo gesso, que a imobilizava como o primeiro, mas no braço oposto.

Todos esses cuidados tediosos, eu os compensava à noite, com a possibilidade de acabar em qualquer lugar. Eu pensava, naquele tempo, que o único, pobre eco dos meus desvelos na clínica eram os elogios que recebia das enfermeiras e arrumadeiras, ditos com mais ironia pelas liras que elas deixavam de ganhar com meu trabalho do que sinceridade pelas virtudes de abnegação que eu pudesse demonstrar: "Quanto é bravo, sempre ao lado da senhora". Também é verdade que, sempre que podia, Eligia entrelaçava seus dedos aos meus quando minha mão passava perto da sua.

As mudanças bruscas e inesperadas de espaço durante a noite se tornaram os únicos marcadores temporais que assinalavam a passagem do tempo naquela cidade fosca. As noites em que não me encontrava com Dina passavam sem registro pela minha memória; voltava para o quarto: então me esquadrinhava atentamente para ter certeza de não notar nada parecido a um suspiroso, e me orgulhava quando encontrava só o vazio, e nada de sentimentos.

Eu vivia em duas esferas — a que girava em torno de Eligia e a que girava em torno de Dina —, muito próximas no espaço e no tempo, mas isoladas entre si. A da noite era — conforme eu pensava na época — alheia a qualquer projeto ligado à minha vida. Sabia que a esfera das feridas de Eligia me retinha para sempre. O terreno das andanças noturnas, ao contrário, eu o constituía de modo que tanto Dina quanto tudo o que a rodeava pudesse desaparecer a qualquer momento por força da minha vontade.

VII

Um dia já perto do Ferragosto, quando não havia ninguém na cidade, Dina entrou no bar para me perguntar se eu queria ir com ela a um cabaré muito divertido, mas distante, onde estava nos convidando um cliente de camisa com listras verticais azul--escuras e brancas, que parecia empenhado em levar para lá o maior número de pessoas possível.

— Seguro que te prazerá — me disse o homem.

— De acordo, mas não se esqueça — respondi, dirigindo--me a Dina — que eu devo retornar à casa de cura antes de Eligia acordar, para lhe dar o café da manhã.

Quando chegamos ao San Silvestro, sua fachada exibia um grande cartaz: "Noite especial dedicada aos tifosos do Milan... e como de habitual, grande comemoração de Ano-Novo!". Uma funcionária robusta nos entregou apitos e matracas na entrada. Completou o ritual de aceitação acionando seu próprio instrumento de sopro contra nossa cara, enquanto um mecanismo enrolado de papel e peninhas se esticava até nos fazer cócegas no nariz. Colocou-nos uns chapeuzinhos com as cores do Milan, branco e azurro escuro, quase preto.

O local estava razoavelmente cheio, tendo-se em conta que a cidade estava vazia por causa das férias de verão. O caráter pouco turístico que as agências atribuíam a Milão — duas ou três horas para visitar o Duomo e a Galeria — era um favor que preservava seus segredos mais delicados para alguns *happy few*. No San Silvestro não havia estrangeiros à vista; ali se divertia uma razoável quantidade de italianos. Quase todos já estavam com alguma das garotas do lugar. Todos, homens e mulheres, usávamos naquela noite chapeuzinhos de aniversário, azul-escuros e brancos; as cornetinhas ou chocalhos sobressaíam dos bolsos. Ouviam-se apitos ou matracas completamente fora do ritmo das canções que saíam dos alto-falantes.

Dina se encostou no bar, com um gesto muito característico dela, os cotovelos cravados no balcão e os ombros perto do rosto. Logo nos serviram um champanhe barato e ácido. O homem da camisa listrada distribuiu cumprimentos como se fosse um velho freguês do lugar. Depois se dedicou a sussurrar ternuras ao ouvido de Dina. De repente, a música se interrompeu e uma voz sem sexo, mas com entusiasmo, anunciou pelos alto-falantes: "Já são onze horas. Dentro de uma hora celebraremos o Ano-Novo. Prepara-te para a grande diversão. Bota fora todos os seus problemas. Esta noite festejamos o ano que vai de 13 de agosto de 1965 a 13 de agosto de 1966. Adeus ano bruto! Eu vos saúdo, impostos; tchau políticos e, sobretudo, tchau esposa". Essas duas últimas palavras foram recebidas por uma exclamação geral de euforia acompanhada de apitos.

A voz prosseguiu com suas palavras de alegria postiça, mas depois das primeiras frases, uma interferência afetou os sons mais graves com um acorde eletrônico fantasmagórico: "O San

Silvestro é o único lugar onde você está a salvo de todos os males, também dos tifosos da Inter. Aqui, esta noite, tudo é Milan, tudo é branco e azul, nada é vermelho e preto. Lindas mulheres e alegria garantida. Champanhe para todos", tentou pronunciar champanhe à francesa. "Quem se importa com o amanhã? Amanhã é o primeiro dia do resto de nossas vidas. E mais, se quiser, amanhã você volta de nós e celebramos juntos o fim de ano, o fim de ano que vai de 14 de agosto a 14 de agosto. No dia 15, em respeito a Santa Madonnina, fechamos. Mas toda noite que não seja feriado religioso é de festa no San Silvestro. Toda noite é fim de ano!"

Devo reconhecer que as garotas e os funcionários do local cumpriam bem sua rotina. Pareciam se divertir de verdade… e por que não se divertiriam? Era um bom trabalho, desde que os clientes tivessem o humor adequado. A tarefa devia ser um pouco mais árdua nas noites frias, com poucos clientes, intumescidos pelo inverno ou pela falta de liras, as garotas fingindo felicidade no vazio, tocando suas patéticas cornetinhas enquanto sapateavam para espantar o frio. Em todo caso, naquela noite de verão a euforia se sustentava e ia aumentando à medida que a meia-noite se aproximava. Os garçons riam enquanto abasteciam as taças; derramavam nelas apenas algumas gotas do seu espumante ácido. O que eles faziam muito bem era espocar com espalhafato as rolhas a cada garrafa que abriam. O barman anunciava o acontecimento aos gritos e antes tocava um sino pendurado do teto. Quando a rolha saía voando, era acompanhada por um coro de vivas enquanto se iniciava uma busca na penumbra, porque a casa oferecia uma taça grátis a quem a encontrasse, e com isso os clientes se colocavam em posições propícias para serem roubados enquanto engatinhavam embaixo das mesas. Depois, quando davam por falta da carteira, todas as garotas e os garçons punham-se a vasculhar com empenho, murmurando:

"O baixinho de cabelo curto, que partiu apressado um momento faz, tinha uma cara de ladrão que nem te conto".

Ao me servir, o barman, depois de me perguntar de onde eu era, explodiu numa gargalhada:

— Sul-americano! Como Sívori! O melhor futebolista do mundo! Mas como é jamais possível? Terem lá tão bons jogadores e times tão ruins... porque esses do Independiente, não só perdem com o Milan, perdem até com a Inter...

Decidi não estragar a festa. Tinha vontade de absorver tudo o que as circunstâncias me ofereciam. Não queria problemas. O que Dina tinha a me dar me parecia muito pouco comparado com aquela profusão de mulheres, anos-novos e champanhe. As senhoritas me propunham ir a qualquer canto escuro por umas poucas liras. Vinham de todos os cantos da Itália e também havia estrangeiras dos cinco continentes, incluindo a Oceania. Eu nunca tinha pegado uma africana, nem uma oriental. Por moedas, poderia dizer — sem mentir e pelo resto da vida — que conheci mulheres de todas as latitudes.

Milão oferecia uma abundância verdadeira, hipnotizada pelos mecanismos do esbanjamento, que no San Silvestro era tangível e estava ao alcance da mão: um chapeuzinho de aniversário, uma cornetinha de palhaço, uma mulher de traços insólitos, tanto fazia. Essa entrega às miudezas do presente exigia, claro, abandonar toda ideia de organização: essa exigência era também o prêmio.

De repente, a música parou e o mestre de cerimônias impôs silêncio ao público. Apagaram-se todas as luzes e algumas mãos femininas deslizaram nos bolsos masculinos, enquanto a mesma voz andrógina gritava pelos alto-falantes, que funcionavam pela metade: "Silêncio! Faltam só quarenta segundos para que se acabe o ano. Trinta, vinte e nove, vinte e oito... Adeus ano sujo! Leva todas as tuas desgraças. Vinte, dezenove, dezoito. Já chega um ano muito melhor. Você vai ver, ano de merda, o que é um ano de verdade! Negócios de ouro, saúde de ferro e mulheres de carne! Cinco... quatro... três... dois... um... E viva! E viva o Ano-Novo!”.

Todas as luzes piscaram e caiu uma chuva de confete. As garotas tocaram suas cornetinhas e entre nuvens de fumaça cênica avistei Dina, com seu vestido claro de verão, que no outro extremo do balcão olhava chateada para o teto.

Horas mais tarde, entrou no San Silvestro um grupo de homens, entre os quais se destacava um sujeito careca e corpulento, de cara grande, da qual, com a mesma facilidade, emanavam risadas e gotas de suor. Já tinham bebido antes de vir ao nosso cabaré. O grandalhão se instalou num banco perto do meu. Pediu vermute, às duas da manhã. Disseram que tinha acabado, até ele anunciar que pagaria o mesmo que pelo champanhe. Então, por encanto, o vermute apareceu. O sujeito se mostrava brincalhão e eufórico. Logo o rodearam duas mulheres, e ele continuou bebendo seus vermutes, enquanto elas pediam o champanhe da casa.

A prostituta mais jovem e bonita do San Silvestro cravou-lhe os olhos várias vezes, apesar de estar longe, com um senhor grisalho e de gravata, que parecia muito próspero e muito bêbado, mas o homão não se deu conta dos olhares que recebia. Passada meia hora, a mulher se dirigiu ao toalete. Teve de seguir por um caminho que passava perto do freguês dos vermutes.

Assim como fizera com todas as mulheres que ficaram ao alcance da sua voz, o homem de cara grande também gritou uma grosseria para a bela. Encarando-o, a mulher estacou a poucos passos dele. O homem dos vermutes ficou sem ação. Lançou com temor um olhar ao sofá do ricaço, que lá longe aproveitava a pausa para conversar com a puta do sofá vizinho. A bela perguntou ao homem de cara grande:

— Você sabe quem sou eu?

O homem hesitou.

— Não.

— Mas é seguro que não sabe quem sou?...

Nesse momento, o ricaço reagiu, se levantou e foi em direção ao homem de cara grande. Quando, com passo trôpego, chegou à pista, brilhou um par de sapatos cinza, muito pontudos e estreitos. Prevendo encrenca, foram atrás dele todos os clientes do lugar, identificáveis por seus chapeuzinhos de aniversário. Por seu lado, os que tinham chegado com o homem de cara grande cerraram fileiras em volta dele, ao grito de "A nós! Os da antiga Ambrosiana, a guarda do viale Goethe". Então notei que todos eles usavam roupas ou detalhes combinando vermelho e preto. Os dois grupos se posicionaram belicosamente, cada um num extremo da pista de dança. Alvianis contra rubro-negros. O magnata apontou para a bela e gritou:

— Vem cá!

— Não posso. Devo falar com este homem — apontou para a caraça suarenta e intimidada.

O magnata começou a atravessar a pista, mas — seja porque seus sapatos eram novos, porque a pista estava encerada ou porque ele estava completamente bêbado —, quando tinha percorrido mais da metade do trajeto, caiu e ficou estatelado. Seus amigos alvianis ameaçaram um movimento, mas nesse instante surgiu, das filas dessas formações estáticas, um cavalheiro magro, de terno e com uma gravata muito parecida com a de alguns tifosos rubro-negros. Tentou ajudar o magnata a se levantar, enquanto com respeito sussurrava ao seu ouvido:

— Como nunca, comendador?

Tentou erguê-lo três vezes, mas o cesáreo milionário sempre recaía. O grupo rubro-negro, ao perceber tanta impotência, aproximou-se com curiosidade do comendador. O magro cavalheiro que o acudia ficou branco ao ver o que o aguardava. Sacudiu o comendador pelo pescoço e gritou:

— Desgraçado! Em que embrulhada nos meteu, seu bêbado. Agora te deixo.

No seu ímpeto, os rubro-negros passaram por cima do comendador e cercaram o cavalheiro magro, mas, contrariando o que todos esperávamos, nem lhe encostaram a mão.

A bela não se alterou quando viu o ricaço no chão, mas os amigos deste, que eram muito mais numerosos que os rubro-negros, reagiram. Ambos os grupos quebraram garrafas e as brandiram ferozes contra os rivais. Por momentos, uns avançavam e outros retrocediam sobre a pista, até que, obedecendo a razões inexplicáveis, a situação se invertia e a facção que antes avançava, passavam a recuar. Finalmente, um dos rubro-negros gritou: "São mais!", e bastou essa presunção para que todo o grupo fugisse, entre exclamações de "Nos tornaremos a encontrar no San Siro".

Os clientes com chapeuzinho azul-escuro e branco nem se deram conta da sua vitória, porque os garçons, para aplacar os ânimos sem correr riscos, lançaram nesse instante tanto confete e fumaça colorida que não se enxergava a um palmo do nariz. Só quando a névoa azulada se dissipou perceberam que eram os vitoriosos. Quando já se erguiam alguns brindes de triunfo, alguém gritou: "Tornam os da Inter com reforços!", e o grupo que um segundo antes celebrava a vitória desapareceu como num passe de mágica.

Quando o local já estava quase deserto, apareceram pela primeira vez uns velhos fregueses sem interesse no futebol. Perguntaram surpresos por que havia tão pouca gente. Um barman fez um gesto empolado e disse: "Houve uma batalha que nem lhe conto...!". E foi assim que essa noite de 13 de agosto de 1966 entrou para a história e virou lenda.

Mas o único efeito imediato desse comentário, que com toda certeza se amplificaria até o mito em poucas noites, foi inquietar os recém-chegados. Bastou-lhes ver chegar três rubro-negros, bêbados e perdidos — só estavam procurando um telefone —, para saírem correndo como bois em disparada. O cavalheiro de terno, que tanto acudira o comendador alvianil quanto encabeçara a carga dos rubro-negros, ofereceu-se para guiar os recém-chegados, dando-se ares de conhecedor da noite e de pessoa que sempre se dá bem.

Só restamos no local os garçons, Dina, seu amigo, eu, o homem de cara grande e a bela.

— ... então ainda não sabe quem sou eu?

— Não... Não sei...

— Sou tua filha.

— Ana?... Tantos anos... Ana, claro!

— Sim, tantos anos.

— Não sabe quanto tenho pensado em você e quantas vezes quis ver-te.

— Não, não o sei.

Por um momento o ar se tensionou entre os dois, mas de repente ela, baixando a guarda, lhe deu um beijo no rosto. O homão explodiu de alegria. Passou os braços em volta da jovem e depois de falar alguns minutos em voz baixa, rebentou em gritos exultantes.

— Isso é extraordinário! Devemos celebrar... Vermute para todos! Eu pago.

Não havia quase ninguém no cabaré; as três garrafas que ele mandou abrir ficaram ao alcance da minha mão. Bebi e bebi, e a cada copo, o homem de cara grande me olhava mais feio. Até que explodiu:

— Eu ofereci a todosquantos, e você bebe tudo sozinho.

— Este não é um lugar para avarentos.

O homem de suor seboso vacilou, olhou para a filha e me agarrou pela gola do casaco, sacudindo-me como um sininho. Procurei a navalha no bolso, aferrei o cabo, mas minha mão se paralisou. Quantos mais insultos me lançava o homem da grande cara, mais pesada e rígida ficava minha mão no bolso. Eu dizia a mim mesmo: "É só sacar, que toda a situação muda". Mas não movi meu braço.

Alta madrugada, Dina e seu amigo me carregaram até o carro. Tombei no banco de trás e toda Milão virou um carrossel. Pedi que parassem. Dei uns passos e me sentei na calçada.

— Mas como está mal! Tenta vomitar — me disse o homem.

— Não me vão derrubar com champanhe barato e vermute, depois de ter digerido tantos licores de merda; não é justo.

Tinha vontade de deitar, mas não de vomitar. Eu nunca tinha vontade de vomitar naquela época.

— Por que bebe assim, se não tem fígado? Olha, eu vou a um hotel com a Dina. Não te podemos levar. Mas você se vira. Ela diz que já está acostumado...

Partiram. Cruzei a calçada de quatro até chegar a um muro onde pude apoiar o corpo.

Já clareava quando voltei a abrir os olhos. Dina me sacudia pelos ombros. Estava rindo, de cócoras, ao meu lado. Depois foi perdendo o equilíbrio por causa da risada e escorregou até se escarrapachar. Atrás dela, na calçada, duas mulheres, uma velha vestida de preto e outra com um terço na mão, nos olhavam em silêncio.

— Anda. Faz um esforço e vamos via daqui — exortou Dina. Quando me sentei, passou meu braço sobre seus ombros e me levantou. Não parava de rir. Por causa da risada e do peso do meu corpo escorado nela, tinha dificuldade para chamar um táxi. De todo modo, os que passavam não paravam.

— Agora encosta aí e resta calado, caladinho — apontou para uma saliência num dos muros.

Ao me reclinar constatei que os tijolos às minhas costas estavam mornos, que conservavam uma temperatura mais agradável que a da calçada. Apoiei as mãos no muro para não tombar nem para o leste, nem para o oeste. Isso pareceu causar muita graça a Dina. Ela riu tão sinceramente, que eu, contagiado, também explodi em gargalhadas. Foi assim que me chegou o vômito, a mim, sempre tão orgulhoso de que nunca me aconteciam essas coisas úmidas. Eu ria e vomitava em equilibrada alternância: umas boas gargalhadas e três ou quatro torrentes que jorravam da minha boca netuniana. Notei que as golfadas correspondiam exatas às risadas: se estas eram cinco, as golfadas eram também cinco, tudo isso sem nenhuma participação da minha vontade. Brotava um vômito completamente líquido e translúcido, com o vermute e o champanhe intactos. Dina tentou enxugar a catarata que saía da minha boca com um lenço de pescoço de gaze verde. Depois deu meia-volta e se foi. Tentei segui-la. Adormeci rindo.

Quando tornei a abrir os olhos, Dina estava outra vez ao meu lado. Atrás dela havia um táxi com a porta de trás aberta. Meu humor já não era risonho e me invadia um torpor muito pesado. Escutei o motorista.

— Esse anjinho... você o tinha escondido. Não me havia dito nada.

Ele desceu do carro e me pôs de pé com facilidade. Depois me ergueu nos braços e me acomodou ao seu lado.

— Você está um verdadeiro nojo — virou-se para Dina, que tinha desabado no banco de trás. — Vai ter que me agradecer por esta.

O carro arrancou numa daquelas direções desconcertantes que, para meu espanto, a cidade sempre guardava. De quando em quando, o motorista me disparava alguma piada sobre meu estado, que acabava sempre com uma observação sobre como ele tinha sido bom, e em seguida virava a cabeça e sorria para Dina. O taxista tinha razão; tinha sido um bom sujeito. Olhou para mim.

— Agora devia estar na questura. Tem alguém que se responsabilize por você?

— É estrangeiro — disse Dina de trás, com desânimo.

— E você? Tem alguém que tome conta de você?

— Tenho a tia.

— Ah...! Que sorte a tua tia, uma linda sobrinha como você.

O carro avançava lento. Semiadormecido, vi que trafegava fora da rua, sobre terra, num daqueles espaços livres que restavam entre os blocos habitacionais construídos a ritmo febril. O motorista desligou o motor e foi para o banco de trás. Com esforço também desci, para urinar. Segurei-me no carro e olhei ao meu redor, para os prédios. Das sacadas e janelas, umas poucas pessoas nos observavam no silêncio da madrugada. Alguém gritou alguma coisa, risonhamente, ao longe. Tentei abotoar a calça, mas não consegui. Voltei e me estatelei de través nos bancos da frente. O carro se balançava brandamente, como um berço, enquanto no banco de trás alguém gemia. Não consegui distinguir se era uma voz de homem ou de mulher. Depois senti que o motorista me ajeitava, usando só uma das mãos:

— Fica sentado, ei, não vai cair — disse, enquanto com a outra mão me apalpava o peito sem dissimulação, até achar o que estava procurando.

Pegou minha carteira, tirou todo o dinheiro que achou nela e a colocou de volta no bolso do meu casaco. Roubou as duas mil liras que eu tinha reservado para a única puta do San Silvestro natural da Polinésia. Perguntei-me quando teria outra chance de fazer amor com uma mulher da Oceania.

— Não entendo como você não morre de calor com esse casaco — foram as últimas palavras que o taxista me dirigiu.

Entregou o dinheiro a Dina, que, ainda deitada, não soube de onde tinham saído aquelas notas. Quando chegamos à clínica, o sujeito nos mandou descer.

— Bem, agora vocês se viram. Eu já fiz a minha boa ação. E nem sequer cobrei a corrida.

— Sim... figura-te — respondeu Dina.

Encaixou meu braço sobre seus ombros para evitar que eu caísse.

— Que faço com você? Olha que é um estorvo.

— Deixa. Eu vou para o quarto.

Dina me largou, dei dois passos e caí de quatro. Ela voltou a me levantar.

— Tem algum guarda?

— Aqui sempre tem um guarda, mas a esta hora ele vai ao banheiro e tira um cochilo. Por quê?

— Mas que cara de medo! Não pensava te entregar. Só queria saber se o caminho está livre até esse quarto teu. Qual o número?

— Quatrocentos e sete.

Ficamos esperando até que a entrada ficou livre e cruzamos a porta sem sermos parados. Dividimos o elevador com uma funcionária administrativa. No corredor do andar, encontramos a arrumadeira do primeiro turno.

— Mas, sr. Mario, que lhe aconteceu... um acidente?

— Não, não tenho nada. A paciente como está?

— Sua mãe descansa. O senhor não está ferido?

— Sua mãe!... — Dina estremeceu e acrescentou indignada. — Por que não leva este menino para a cama?

— Porque não é o meu trabalho — respondeu a arrumadeira, aquela mesma que me recomendara umas conhecidas que eu não quis contratar como enfermeiras adicionais. — Por que a senhora mesma não tenta levá-lo para a cama? Se vê que tem experiência nisso. E por que não fecha a sua braguilha?

Pendurado do ombro de Dina, abri a carteira dela e saquei as duas notas de mil que estavam à mão, ainda com o cheiro do taxista. Entreguei-as para a arrumadeira e fiz um sinal com meu dedo sobre sua boca. Agradeceu. Dina tornou a me ajeitar e fomos avançando para o quarto, no ritmo muito incerto dos meus passos. Mentalmente, eu me despedia da minha amada polinésia. Só quando estive diante da porta lembrei que meu quarto era também o quarto de Eligia.

— Shh — repreendi Dina —, não faz tanto rumor, fica quieta. Uma volta que sejamos dentro, eu me viro sozinho.

Abri a porta em um tranco desajeitado. Uma voz lúcida perguntou em seguida:

— Mario?

— Estou bem. Estou com uma pessoa que me acompanhou.

Dei dois passos pela antessala enviesada que não permitia ver a cama. Antes de chegar ao recinto principal, caí contra a parede e fui escorregando até o chão. Eligia tornou a perguntar por mim, em tom mais preocupado; Dina me levantou.

— Com licença. Desculpe, senhora, não queria incomodar. Seu filho está bem. Só precisa dormir um pouco — ia balbuciando enquanto avançávamos pela antessalinha.

Quando chegamos ao quarto propriamente dito, Dina ficou em silêncio. Fiz as apresentações.

— Esta é Eligia. Esta é Dina, ela me ajudou muito, mas eu não lhe pedi nada. Cheguei justo a tempo de te dar o café da manhã.

— Já tomei o café, faz uma hora... Obrigada, Dina.

Estávamos a dois passos do meu sofá-cama. Dina permanecia estática, olhando para Eligia. Notei que os músculos dela que me seguravam tinham se esquecido de mim. Eu me desprendi do seu braço e me atirei na minha pequena cama. Quando dirigi a vista para Dina, ela ainda estava como que petrificada, fitando Eligia.

— E por que não vai embora?! — gritei.

Saiu sem se despedir; foi uma fuga sem descortesia. Dormi até que a mesma arrumadeira a que eu tinha dado as duas mil liras trouxe o almoço. Entrou fazendo todo o barulho possível e gritando "Aqui está a minestra", como sempre fazia, para poupar-se o trabalho de acordar os pacientes.

Achei que conseguiria me manter de pé por conta própria.

— Já está acordado, sr. Mario? — disse a arrumadeira em um tom maldoso.

Sabia que Eligia devia ter visto Dina, já que ela mesma se negara a me acompanhar até o quarto. Trazia uma sopa espessa, fervente. Antes de se retirar, apontou para minha cabeça:

— Fica muito bem com isso. Também eu sou Milan, e odeio a Inter.

Tirei o chapeuzinho azul e branco. Como todo dia — quatro vezes por dia — coloquei um babador infantil sobre a parte dos enxertos que ficava abaixo da sopeirinha, a vinte centímetros do rosto de Eligia, que era o máximo que alcançava o canudo por onde ela sugava a sopa. Protegi a preciosa carne ganha com o esforço do segundo retalho, que lhe custara mais cinquenta dias de gesso, entre maio e julho.

Eligia me olhava muito fixo. Quando acabei de alimentá-la, voltei a me atirar no meu sofá-cama. Fiquei numa posição que, se entrasse alguém, daria a entender que eu estava dando um cochilo. Minha única preocupação era que não notassem meu *hangover*.

Quando voltei a acordar, faltava pouco para o jantar dos pacientes. Eu me sentia mal, com a boca pastosa, mas notei que as pernas tinham ganhado certa firmeza. Os olhos de Eligia me seguiam por toda parte. Antes da refeição, fiz sua toalete, procurando me esmerar nos cuidados. Propus cortar suas unhas.

— Não, hoje não... por favor, faz alguma coisa para diminuir seu bafo.

Fui escovar os dentes. Quando voltei, ela me disse:

— Lembra quantos dez você tirava na escola?

— Pronto, chegou de novo a hora da saudade docente — respondi, tentando parecer engraçado.

Poucos minutos depois trouxeram a sopa fumegante e uma gelatina. Coloquei o guardanapo como o fazia todo dia — quatro vezes por dia. Peguei a tigela com decisão. Estava muito quente, portanto assoprei para esfriar o conteúdo. Preparei um guardanapo de reserva para enxugar o líquido que escorresse da sua boca. Rotina.

— Vamos lá, um gole pelo Piaget, que está aqui pertinho, em Genebra, passeando de bicicleta, e que você vai visitar logo mais... Outro pelo Herder... Outro pelo Saussure... Outro pelo Dewey...

Ri com forçado bom humor. Eligia não via a sopeirinha perto da sua boca. Uma pelota entupiu o canudo por onde ela sugava. Tentei desentupi-lo sacudindo o tubo com uma mão. Aí a mão com que eu segurava a tigela começou a tremer. Procurei controlar os tremores, mas eles aumentavam, piorados pelo próprio peso da tigela. O fluxo de sopa recomeçou.

— Este gole pelo professor Calcaterra, que entrou para a Academia e sua foto está em todos os jornais importantes...

A mão que tinha desobstruído o canudo voltou à sopeira. Nesse exato instante tive uma convulsão, e quase todo o líquido se derramou sobre os babadores e guardanapos que protegiam Eligia, empapando-a. Ela deu um grito incontrolável e, com gemidos decrescentes, me pediu que eu chamasse a enfermeira. Apertei a campainha. Enquanto esperava, levantei uma das pontas do guardanapo encharcado e fumegante. Grudado na parte inferior do guardanapo veio junto um pedaço do enxerto, expondo um colchão de tecidos e sangue. Logo em seguida chegou a enfermeira.

— Um acidente! — gritei descontrolado. — A sopa derramou.

— Sr. Mario... Precisamente agora, com os enxertos e o retalho novo!

Agiu com rapidez profissional. Acionando um mecanismo, baixou as rodas da cama e levou Eligia voando para a sala de procedimentos. Tudo aconteceu em poucos segundos. Fechei os olhos e solucei, com a sopeirinha de lata ainda na mão. Depois de alguns minutos, sem parar de soluçar, disse em voz alta e clara: "Eu não queria que as coisas acabassem assim, Eligia. Realmente queria te ajudar, me esmerar. Juro. Isso não pode continuar. Se sairmos dessa, vou mudar. Juro". Sentei na minha caminha.

Passado um tempo para mim indefinido, a enfermeira voltou.

— Tudo sob controle — olhou-me nos olhos, inquisitiva. — Mas que foi? Não é assim tão grave, sabe? Tudo será resolvido. Vamos, não desista agora que sua mãe precisa do senhor mais do que nunca. Um acidente, qualquer um tem; depois de tantos meses. Mas se todo mundo se admira de como cuida bem dela! É verdade que, de vez em quando, devia contratar uma enfermeira e tirar uma folga. É demais para uma só pessoa. Seguro que posso lhe arranjar uma que lhe faça um preço por encargo prolongado, se a contratar por mais de uma semana... Agora vá de sua mãe na sala de procedimentos e leve um casaquinho para ela. Se começar a espirrar, estaremos em apuros. Vá, que ela já pergunta pelo senhor. Lhe dê um beijo.

Quando ia entrando na sala de procedimentos, topei na antessala, equipada com uma cuba e uma bancada metálica, com a cabeça de Eligia. Estava sem cabelo, descarnada até um ponto em que eu nunca a vira antes, as órbitas dos olhos vazias e os ossos em diversos graus de despudorada evidência. Tinha um compasso fincado na bochecha, e sobre a bancada, cujo brilho metálico e escuro fazia forte contraste com a cor homogênea, opaca e cerúlea da cabeça, repousava um goniômetro.

Um dos ajudantes do professor irrompeu da sala principal, olhou para mim, olhou para a cabeça, e a guardou às pressas num armário.

— Esses modelos são muito úteis, sabe? Permitem planejar cientificamente as cirurgias dos pacientes mais complicados.

Eligia estava rodeada de médicos. Tinham retirado o enxerto ensopado. Cobriram a parte do rosto sem pele com uma gaze cicatrizante, e os médicos deixaram ordens para fazer um novo enxerto na manhã seguinte. Além das mais de vinte operações que o tratamento já somava, teriam que acrescentar mais essa, inútil.

— Não se preocupe, senhora, será coisa de poucos minutos — disse o médico de plantão.

— Como você está, Mario?

— Estou bem. Trouxe um penhoar. Espero você aqui ou no quarto?

— Volta para o quarto. Aqui estou bem assistida. Vê se descansa.

Zanzei pelo quarto nu, vazio, sem a cama, durante uma hora. Desde o início do tratamento na Itália, quando Eligia era levada para alguma operação, eu nunca a esperava no quarto, e sim na saleta perto do centro cirúrgico. Dessa vez, no quarto vazio, sem a grande cama, eu caminhava sem rumo, descoordenado. Meus pés estavam acostumados a medir os passos em relação à grande cama articulada e agora se espantavam de poder atravessar espaços nunca antes pisados. Posicionei minha cabeça no lugar exato em que durante tantos meses tinha jazido a cabeça de Eligia. Daquele ponto de vista, o quarto tinha perspectivas completamente diferentes daquelas a que eu me acostumara. A janela e a reprodução de Cézanne eram os elementos mais visíveis; em compensação, o vão do corredor por onde tinham entrado Sandie, o capelão e Dina ficava praticamente fora da visão, e menos ainda se via meu sofá baixo encostado na parede.

Tentei imaginar o que podia estar acontecendo na sala de procedimentos. Cogitei todas as possibilidades, das mais negras às mais leves. Fiquei me repetindo, sem perceber e sem parar: "Meu Deus, o que eu fiz!".

Quando recolocaram a cama no lugar habitual, tudo pareceu novamente em ordem.

— Não foi nada, Mario, já passou. Amanhã vão recolocar o enxerto. Não estava indo muito bem e não era muito grande. Ainda tenho pele de sobra na coxa.

Pouco depois, Eligia pegou no sono; a noite mal começava. Uma enfermeira passou como um sussurro para medir o pulso e a temperatura. Eligia não acordou.

— Tudo vai bem. Vá respirar um pouco de ar fresco. Desta vez, a guardamos de graça. Vá, precisa espairecer um pouco. Isto lhe acontece por ficar muito tempo fechado aqui dentro.

Não fui ao bar da esquina. Caminhei quase meio quilômetro até chegar a uma zona não frequentada pelo pessoal da clínica e onde eu era um estranho. Então achei um bar escondido onde pude beber meia dúzia de conhaques sem que ninguém me visse.

VIII

Ein Zeichen
kämmt es zusammen
zur Antwort auf eine
*grübelnde Felskunst.**
Paul Celan

?, ? de setembro de 1966

Encontro muitos idiotas que me olham com inveja porque viajo sozinho. Pensam que tudo é fácil, que ser jovem e viajar sozinho é a máxima liberdade a que se pode aspirar.

Como experiência, a situação tem um aspecto muito diferente. O viajante solitário é um perigo. Nos circuitos turísticos, olham torto para ele. De certo modo, porém, dão um jeito de li-

* "Um signo/ se uniria/ em resposta a uma/ pensada arte rochosa", em tradução livre. (N. T.)

dar com ele: a manicure do hotel faz hora extra ou aparece uma dessas putas que, oh coincidência!, está sentada sozinha no cabaré onde termina o tour noturno. Mas nos lugares não turísticos o solitário se torna uma ameaça insólita; um huno desgarrado da horda, mais vulnerável do que ameaçador. Agora posso dizer: por mais que você banque o bonzinho e diga "sim" a tudo, todo mundo te passa a perna: as putas, os restaurantes, os taxistas.

Viajar desse modo acaba sendo uma experiência amplificada do que significa ir sozinho ao cinema ou ao teatro. Sei disso. Odeio esses idiotas que não se arriscam até a esquina sem que sua entreperna complementar os siga a dois passos. Ninguém vai me convencer de que acreditam na arte. Tudo muito bonito: os atores, o texto, o diretor, a mensagem, a conversa no bar depois da peça, mas sem a entreperna complementar suando — e às vezes sangrando — ao alcance da mão, não vão nem até a esquina. Com as viagens é a mesma coisa: a pinacoteca, o castelo, tudo muito bonito, mas sem o par ao lado, não saem de casa.

Que merda estou fazendo aqui? O que eu explico aos habitantes desses vilarejos? O que posso lhes explicar? Que Eligia, depois do segundo retalho bem-sucedido, com bastante substância no rosto, agora está em Genebra, deslumbrada com Piaget? Que o dinheiro que eu tinha para viajar por mais de um mês foi gasto em três dias, em uísque e numa puta polinésia? Que eu não tenho para onde voltar, porque devolvemos o quarto na clínica e o reservamos só a partir do fim deste setembro? Que o único valor que me restou é o *circolare*, o passe de segunda que permite pegar qualquer trem até o fim do mês? Que faz mais de vinte noites que estou dormindo nos trens de segunda classe e bebendo do mais barato? Que — como a Itália é comprida e estreita — preciso passar um dia no sul e um dia no norte para conseguir dormir seis ou sete horas? Que quando acordo desço no primeiro vilarejo (e os trens de segunda param em todos os vilarejos) para lavar o rosto, bebo umas grapas e caminho por aldeias cujos nomes nem fico sabendo? Que infalivelmente, sempre, mas sempre mesmo, encontro maravilhas espalhadas ao léu, que não constam nas histórias da arte, portentos com que você topa ao virar uma esquina, como em outras cidades pode topar com uma banca de jornal ou uma placa de trânsito? Que elas surgem com naturalidade, sem alarde, sem que antes de virar a esquina você possa ao menos prever se serão Risorgimento, neoclássicas, barrocas, renascentistas, góticas, românicas, clássicas ou etruscas? O que eu posso dizer a esses estúpidos que veem suas maravilhas sem perceber que são maravilhas?

E o que eu posso dizer a eles sobre eles mesmos? Que nas conversas nos compartimentos do trem aprendi a trocar meu sobrenome paterno pelo do meu bisavô italiano? Que logo me perguntam "Presotto, Mario, oriundo?, oriundo?", e eu respondo "oriundo", e então tratam de saber se eu conheço o primo fulano ou sicrano? Que na hora de comer aparecem os longos paninos e garrafas de tinto, e aí minha oriundez é premiada? Que invariavelmente, sem nunca falhar, alguma mão me oferece quase meio metro de panino e uma garrafa de tinto para bicar? Que graças a essa mão infalível ainda continuo em pé?

Já faz mais de meia hora que estou caminhando por estas ruas de não sei onde. Em frente a uma pracinha minúscula — menos que um jardim de Milão —, uma igreja enorme. Estou cansado e entro. Sento num dos bancos. As grapas desta manhã foram demais; uns operários que esperavam o início do seu turno para começar a trabalhar me pagaram várias rodadas: "Olha o oriundo como se esquenta! E isso que faz ainda o verão!".

Na igreja me inclino até a cabeça ficar abaixo dos joelhos. Coloco as mãos na nuca e pressiono a cabeça para cima para que o sangue volte ao cérebro. Um padre se aproxima.

— Você não pode ficar aqui, este banco do coro é reservado para os acólitos, na próxima missa.

— Está bem, padre.

— Você não está pensando em pedir aqui dentro, não é? Só pode fazê-lo no átrio, mas você é muito jovem para isso e ainda não tem o olhar de derrota. É a única coisa que convence de verdade, mais do que a roupa gasta e a palidez. Se quer comer, venha comigo na sacristia.

— Não, não precisa. Restarei tranquilo alguns minutos naquele banco e depois tomarei um pouco de ar fora.

— Vai, sim, vai que te fará bem.

Logo me reponho; sinto o peso da solidão. Passam-se dez minutos. Aproxima-se um casal de velhinhos turistas, vestidos com muito recato e cores escuras. Não usam nem sandálias com meias nem camisas havaianas. O homem me estende um dólar e o guardo no casaco.

— Desculpe, você fala inglês? — pergunta.

— Muito pouco.

— Pode você traduzir para mim esta belezacheia lápide?

— Eu posso tentar... Deixe-me ver... Bispo Alessandro, não se vê muito bem... Aqui... uma data... 6 de setembro de 1266... Bons tempos para morrer, especialmente para aqueles bispos e comerciantes que se podiam pagar uma bela tumba.

— É muito bonita.

— Sim. Tempos de singelas tumbas — sinto necessidade de falar e me solto. — Uma estátua jacente tão natural quanto possível, um idealizado morto, porque não é a pessoa que viveu, mas a pessoa que vai ressuscitar, perfeita em um mundo perfeito. Olhe o pedestal com santos em baixo-relevo: um velho conservador, esse Alessandro; outrocaminho, ele teria preferido pequenos anjos inspirados nos Velhos Tempos, algo muito fino e vanguardista naqueles anos. Como pode ver, não há nada de tenebroso na tumba. No duzentos, tumbas usavam ser como segundas mães, lugares que envolviam o corpo, de modo que ele pudesse renascer fresquinho e sem pecados. Uma perfeita simetria com o nascimento. Só depois, com a Contrarreforma, apareceram as tumbas modelo "abismo", com muitas escuras concavidades, esqueletos e caveiras. Mas, você sabe?, é curioso, o mais tétricos tentavam parecer essas tumbas do seiscentos, o mais tentavam assustar... o mais luxuosos os construíam; mais mármores e ônix em exibição, mais *putti*.

— Isso que você diz é muito, muito interessante! Como você sabe em redor dessas coisas? — olha-me com atenção.

— Bem... Em alguma viagem anterior... Eu recordo que meus pais tinham um guia turístico muito bom. Ainda deve estar, algumlugar, com as anotações que eles faziam.

— Você não é italiano?

— Não, Eu sou sul-americano. Meu nome é Mario. E o seu?

— Eu sou australiano: Eu sou Charles, e minha mulher é Sarah. Há ali um cemitério neste povoado?

— Suponho que sim. Por que pergunta? Pode ser você pensa como Eu: se quer conhecer uma cidade italiana: o Duomo, a praça e o bordel; mas se você quer conhecer um vilarejo... o cemitério, o mercado e a puta.

— Nós poderíamos visitar. Você não nos acompanharia?

— A puta ou o cemitério?

— Não... não... Na minha idade! O cemitério, evidentemente... Além disso, Eu viajo com minha mulher.

Sarah ri; observa o túmulo de Alessandro. Os velhinhos transpiram dignidade e honradez.

— Eu suponho que poderíamos.

— Você falou em italiano, uns poucos momentos antes, com um sacerdote.

— Eles falam italiano em Sul-América? — intervém a senhora pela primeira vez.

— Não, mas minha mãe's família é italiana.

— Oh, sim! Imigrantes. Nós também temos muitos italianos imigrantes lá... Não é casado, não tem namorada?

— Não.

— Por que não?

— Não tive bons exemplos.

Enquanto Sarah fala maravilhas do hotel onde estão hospedados, seu marido tira algumas fotos do túmulo do bispo Alessandro. Gostei de enfim encontrar um turista realmente interessado naquilo que vê.

— Antes de ir ao cemitério, podemos pegar uma vista nessa tumba sobre lá? — diz o velho apontando com sua máquina fotográfica para um sepulcro, duas capelas mais à frente.

— Seguro.

Estamos numa igreja estranha, eco deslocado dos templos das grandes cidades. Veem-se algumas estruturas românicas e, na parede, sobre os arcos laterais, pequenos fragmentos de afrescos medievais, redescobertos e restaurados, incompreensíveis e insignificantes: um braço, um rosto, uma cena truncada, disseminados pela superfície clara e limpa. As colunas que separam as três naves são ostentosamente ricas, fora de escala e muito maiores que todos os outros elementos arquitetônicos do recinto. Mais do que sustentar, parecem preencher o espaço que as circunda projetando a luminosidade glauca e estriada dos seus mármores. São fruto do saqueio de algum templo pagão desaparecido, que nesta igreja se desforra com toda a força das suas colunas. Sobre os muros antigos veem-se túmulos medievais, renascentistas, neoclássicos e — muito mais estridentes — barrocos e oitocentistas, estes com salgueiros e anjos de mármore branco chorando e deixando cair suas longas cabeleiras sobre os pedestais. Mas o sepulcro para o qual nos dirigimos é, também, um elemento estranho a todo o resto. Representa uma capela de granito cinza-claro, com um grande pórtico que se abre para um calculado buraco de vazio negro por onde poderia passar um carro inteiro. Ao lado, a estátua de um monge encapuzado e com o rosto em sombras aponta para o abismo iminente, pronto para nos tragar a todos a qualquer momento. O efeito é teatral e semeia dúvidas consistentes em relação às alegrias pela ressurreição da carne.

Enquanto o australiano tira fotos de vários ângulos, eu me afasto alguns passos e, sob o intradorso do arco que dá acesso a uma capela vizinha, observo o conjunto da igreja. Depois de olhá-lo bem, tomo consciência do pastiche que os séculos montaram; essa maçaroca não é apta para os guias turísticos. Apoio-me contra uma grade decorada com folhas e flores de ferro. Volto a olhar a perspectiva da nave maior e encosto a cabeça. Fixo meus olhos no falso abismo do túmulo do monge.

De repente, tudo se desengonça. Essa mixórdia de anjos barrocos, arcos românicos, capuchinhos românticos e colunas romanas faz chiar cada elemento no seu lugar, os desacomoda entre si e os transforma numa totalidade heterogênea. Assim deve trabalhar Deus, com o heterogêneo, com o casual. Penso nos locais de culto assépticos que tentam definir a Deus por ausência — como a capela da clínica e as igrejas "goticizadas" por restauradores modernos — até um ponto em que neles tudo tem o mesmo estilo, como se tivessem sido construídos num instante, por um único artista. A versão dos vilarejos italianos é melhor: o avanço de Deus por excesso de tempo e criação, por coincidências, por dissonâncias, por contradições. Deus não pode ser algo tão delicado como o vazio nem tão simples como o inconfundível. Todos os materiais Lhe servem, até os deveres de casa malfeitos e as narigudas.

— É lindo. Nós não temos tanta arte lá embaixo — comenta o velho. — Quem está enterrado na tumba do monge?

— Um famoso cantor de ópera do século passado. Ele nasceu nesta aldeia.

O cemitério, afastado um quilômetro do povoado, me desaponta, com túmulos que só remontam ao final do século XIX. Meu companheiro, porém, não parece desiludido. Fotografa vários monumentos decorados com estátuas de marmoraria e me pede para traduzir algumas lápides. Com o italiano me viro melhor do que com o latim dos túmulos da igreja. Os textos procuram expressar uma emoção contida mas poderosa, e em geral terminam com reticências ou pontos de exclamação. Nas lápides mais recentes descubro influências dos cantores da moda; nas mais velhas, influências da ópera: "Mãe: Com teu angélico sorriso partiste, e teus filhos em desolação deixaste". Ou: "Marcelino: Passados dois dias daquele cheio de glória para ti e escuridão para nós, te foste dos braços de tua mãe que tanto amavas, para encontrar o abrigo dos braços da Virgem Maria, que tanto te ama. Mas queremos te dizer que sentimos saudades da tua risada, das tuas cálidas carícias e te perdoamos todas as tuas travessuras, até aquela grossa de pôr fogo na galinha mais poedeira. Só saber-te no regaço da Santíssima Virgem nos dá consolo, e ter certeza de que chegará a hora do reencontro". O túmulo correspondente está abandonado há pelo menos cinquenta anos. Em todas as placas se entrecruzam — por sob a pieguice — amores autênticos, de filhos por pais, de pais por filhos, de homens por mulheres, de mulheres por homens, e todos esses sentimentos.

Meu velho australiano começa a dispor de mim com demasiada autoridade. Na primeira chance, escapo até a área onde estão os túmulos humildes. Os textos aqui são mais diretos, mais breves, mais claros e não temem o exagero: "Não te esqueceremos, garantido!". "Que desgosto você nos deu, bela!"

Depois de me pedir para traduzir mais algumas lápides, de tomar notas e tirar fotos, o velho notou a falta de algo.

— Não há tumbas dos velhos tempos. Se a igreja é velha, por que o cemitério não é tão velho?

Pergunto para a vendedora de flores. O cemitério anterior foi removido porque ocupava muito espaço. Agora no seu lugar há uma horta onde cultivam favas que parecem canudos de tão grandes, famosas entre os degustadores de toda a região.

— Se imagine — diz a florista —, vêm até de Bolonha para comprar essas favas. Algumas mulheres dizem que as favas têm virtudes milagrosas, curativas; eu lhe garanto que são muito saborosas. Se quiser, posso lhe vender uns quilos...

— Obrigado, mas estou de viagem. Como vou cozinhá-las?

— Leve-as como amuleto de amor, olhe que servem também para o amor. Um jovem como o senhor, e de viagem... não deve ser fácil. Aqui as mulheres são todas decentes... salvo que alguém lhe dê o único endereço adequado — e me fitou sem acrescentar mais nada.

— Não insista. Como quer que eu coma favas em pleno setembro? Não faz frio, ainda.

— Ah...! Mas as nossas canelini são famosas como amuleto de viagem. Os peregrinos já as usavam na Idade Média, para chegar seguros a Roma. Tem que pôr num saquinho trezentas e sessenta e cinco favas canelini junto com um raminho de alecrim. Nunca falha, se quer chegar ao destino.

— Olhe que eu não vou a Roma. Além disso, tenho dificuldade para digeri-las.

— As nossas são famosas próprio por ser ligeiras. Têm propriedades curativas para o estômago, o resfriado, a anemia, a constipação, a calvície e tantas coisas mais. Que foi? Não comem favas lá?

— Momento! Nós temos um ensopado de feijão que vocês nem imaginam... Muita carne refogada no mesmo azeite no qual antes se dourou o alho, uma bela quantidade de pimentão, um pouco de linguiça vermelha e batatas. Minha família tinha uma cozinheira na serra que fazia um ensopadão de suspirar. O segredo, segundo ela, era, primeiro, conseguir que o ponto do feijão fosse igual ao das batatas; segundo e principal, evitar o tomate, que é coisa de italianos, e além disso tem ácido oxálico, que é tóxico.

— Isto sabia a sua cozinheira?

— Não. Isto quem me disse foi um doutor.

— De evitar as maçãs de ouro?

— Sim.

— Próprio de selvagens. Se o senhor me comprar as favas, eu lhe dou uma receita para prepará-las com molho de tomate. Assim aprende um pouco de civilização.

— Mas olhe que o tomate é originário da América.

— Atento com as mentiras que diz, oriundo! Não me faça rir! As maçãs de ouro... da América... América do Sul... Ainda mais longe que a África...

— Bom, deixemos os tomates onde a senhora quiser... Mas o que fizeram com as sepulturas antigas?

— Tudo o levaram via os comerciantes, os antiquários.

— E os corpos?

— Ao ossário — aponta para uma construção cônica de concreto. — Não faziam muito volume; este clima apodrece, não preserva. Se o senhor soubesse — e a florista troca seu sorriso por uma exagerada expressão de dor — como me fazem mal os ossos em certos dias, com esta artrite... que coisa!

A mulher me conta alguns dos rumores que ouviu em todos os anos que passou sentada às portas do cemitério. Depois, enquanto transmito os relatos ao casal australiano, acrescento algum detalhe da minha própria colheita.

— Eles reservaram os ossos para construir uma capela — explico, descarado.

— Como é isso?

— Sim. Aqui na Itália, quando um cemitério é muito grande, torna-se desleal concorrência para a agricultura. Itália não é Austrália. Então o desmontam e reutilizam as melhores peças. Sempre foi como isto: sarcófagos etruscos reocupados por inquilinos romanos, estelas godas apagadas e reinscritas, tumbas desalojadas; fervorosos católicos que esperam a ressurreição velados por deuses pagãos. É uma maneira de ecumenismo: a tolerância através da economia funerária. Eles se esfaqueavam pelo sexo dos anjos, mas depois, se tinham que pagar o enterro, esqueciam as diferenças. Às vezes você encontra cadáveres de épocas muito distantes entre si que compartilham a mesma tumba. Mas uma melhor solução é construir capelas com os ossos. Se você for a Roma, deveria visitar a capela dos capuchinhos, na Via Veneto, toda de ossos humanos. Luminárias feitas com sacroilíacos: a luz sagrada que vem do que foi o sexo (uma ideia magnífica, penso comigo, como olhar as estrelas através de um belo cu). Os anjos dos altares são os esqueletos dos pequenos príncipes Barberini mortos pela peste. Como se diz em Roma: *quod non fecit barbari, fecit Barberini*; "o que não fizeram os bárbaros, fizeram os Barberini".

— Você não está zombando de nós? — e Sarah, incrédula, me atravessa com sua dúvida.

— Não. Vão lá e vejam com os próprios olhos. Há outra, em Milão, mas é muito alta e menos estável; tiveram que pôr uma malha de arame para segurar os muros de fêmures e crânios, e evitar um desmoronamento... Não fossem essas capelas, quase toda a Europa seria um cemitério. Você tem aqui mais mortos que metros quadrados... Pegue por instância os arqueólogos: levam consigo, em seus trabalhos de campo, pequenas câmeras fotográficas. Com aparelhos de sonar procuram as antigas tumbas. Quando encontram uma, vários metros abaixo do olival ou trigal, furam um minúsculo buraco e com essa especial câmera tiram fotos. Se encontram valiosos objetos, abrem; se não, oquéi!, deixa os camponeses arando. Não é bom os cemitérios crescerem demais, em prejuízo das sementes. Deixa os camponeses semear favas... como aqui.

— Essa coisa de desmontar os cemitérios me parece um pecado, uma falta de respeito — observa o velho muito preocupado, enquanto tira fotos e mais fotos. — Como sabe você tanto de tumbas?

— Está na família. Meu pai construiu em seu rancho uma gigantesca, de duzentos pés de altura, e uma catacumba de mármore negro embaixo, para enterrar sua primeira esposa, de apenas vinte e três anos, com todas suas joias. Ele lia Poe.

Os australianos se entreolham.

— Uma tumba de duzentos pés altura! — exclama Charles. — Você está brincando. Você esteve embobando-nos todo o tempo. Que fantasia!

Mas o velho não está zangado; na verdade, parece bem satisfeito.

— Bom, sim... era uma brincadeira, uma grande, mas agora vou lhes dizer a verdade: em meu país há uns selvagens que não só reduzem as cabeças, mas também todo o corpo de seus inimigos: ficam como bonecos de apenas meio pé de altura. Suas mulheres os consideram os enfeites mais apreciados; não os trocariam por nenhum brilhante do mundo. Ninguém sabe que substâncias eles usam para a redução.

— Sim, algumacoisa ouvi sobre isso. Parece muito interessante — comenta Charles —, mas também não me parece uma boa ideia. Esses selvagens, não enterram em tumbas seus pobres inimigos?

Quando o velho se dá conta de que meu plano de viagem não é muito rígido, me convida a acompanhá-los por um trecho no seu automóvel, um aparatoso modelo americano, três vezes mais comprido que os pequenos fiats que pululam ao seu redor. É um conversível, duas portas, com quatro faróis na frente separados por uma barra vertical no meio do radiador. Quando subo, todo esse enorme berço de metal se balança muito mais suavemente que os táxis de Milão. Sento-me confortavelmente no banco de trás.

— Gosta de meu Firebird? — Charles me pergunta.

— Suponho que chegue mais em tempo que os trens daqui.

— É um grande carro. Para reais homens. É a coisa que Eu mais amo no mundo… depois de minha Sarah, claro.

Não consigo conciliar o gosto de Charles pela arte com seu gosto por automóveis esportivos juvenis.

— Sim, um carro para homens, mas não para irlandeses. Originalmente o nomearam o Banshee. A Pontiac já havia distribuído os folhetos de propaganda e começava a receber adiantamentos pelos primeiros modelos, quando alguém na fábrica, algum maldito sabe-tudo, lembrou que um *banshee* é um ser sobrenatural do folclore irlandês, mulher que canta lamentosamente anunciando uma morte na família. Claro, trocaram seu nome por Firebird. Mas, estranha coisa, muitos clientes que haviam já pagado o adiantamento desistiram quando eles souberam da troca de nome; irlandeses ofendidos, Eu suponho. Claro, nos Estados Unidos falaram de anti-irlandesa discriminação. Eu venho de uma polonesa família, e não me poderiam importar menos todas essas fantasias. Eu gosto do automóvel por suas características técnicas: muito melhor desempenho que o Camaro ou o Mustang. Não quer sentar ao volante?

— Não sei dirigir.

— Como é isso sempre possível! — grita Sarah, consternada como se eu tivesse anunciado minha lepra. — Temos que fazer algo a respeito disso.

Paramos algumas vezes para visitar as igrejas abandonadas à beira da estrada secundária em que transitamos. Isso exige uma série de trâmites maçantes, mas que parecem divertir meus acompanhantes: deve-se perguntar pelo vizinho que guarda as chaves do templo, procurar por ele, convencê-lo com uma gorjeta a que nos abra o prédio.

Enquanto caminho pelos recintos vazios e escuros, meus acompanhantes examinam cada pedra e, de quando em quando, me chamam para que lhes traduza alguma inscrição. Ficam impressionadíssimos quando finjo traduzir do latim, animado pelas raízes das palavras, a brevidade dos epitáfios, o sentido evidente das lápides, a impossibilidade de que os defuntos me corrijam, mas acima de tudo por minha fantasia.

Meus companheiros olham para meu casaco e depois nos meus olhos.

— Como você sabe todas essas coisas, Mario?

Encolho os ombros e finjo modéstia.

Deixamos a segunda igreja-fantasma; o sol já está se pondo.

— É tarde — diz Sarah. — Por que não tem jantar conosco e o levamos depois até a estação, para que você possa pegar um trem de volta até seu hotel.

— Não tenho hotel.

Meus amigos trocam um olhar perspicaz.

— Bem. Se o apanhamos fora de sua rota, pode ficar em nosso lugar esta noite. Eu pago para você; seja meu hóspede.

Aceito, já pensando num bom banho. Chegamos a um hotel cinco estrelas, parcialmente construído sobre velhos muros que pertenceram a uma abadia, o que lhe permite chamar-se Albergue da Velha Abadia. Os empregados mal conseguem disfarçar a surpresa quando me veem, mas acatam respeitosamente as ordens do velho. Segurando-a entre dois dedos, o carregador leva minha pequena sacola até o quarto. Quando quero lhe dar as poucas liras que me restam, ele sorri e me pisca um olho enquanto repete "não faz nada". Estou num quarto com uma cama infinita, que convida a dormir atravessado. Tomo um banho de meia hora, e a água arrasta terras de todos os casarios da Itália. Volto a vestir minha única calça e me cubro com o mesmo casaco, mas troquei de camisa. Da minha janela se avista um velho povoado de pedra, no topo de uma colina situada defronte à colina onde se ergue meu hotel, à beira de uma pequena planície. Daquele casario na elevação vizinha, sobressaem os campanários de igrejas que, sem dúvida, meus amigos já devem ter visitado. Ao longe, um trem cruza a planície e se dirige a uns edifícios de concreto, ao pé da colina do povoado, o bairro "moderno" do casario.

Dispersas na planície, erguem-se algumas fileiras de ciprestes e álamos, traços verticais que fixam a terra com uma moldura de ângulos retos... Recordo minha planície natal sem árvores, nem colinas, nem hotéis, extensão desligada de toda referência, terra que flutua ante os olhos e que derrota os pintores que com ela se confrontam. Venho de um país inapreensível, feito de materiais que se tornam sonhos e dúvidas assim que lhes viramos as costas; um lugar aéreo, onde as categorias não têm sentido.

Meus novos amigos me esperam no bar, pontuais.

* * *

Bebemos uns uísques e passamos para o restaurante. Os garçons tratam os velhinhos com o maior respeito e me dispensam certa sem-cerimônia. Para eles é muito importante deixar claro que entendem de diferenças sociais. Mostram-se um pouco mais considerados comigo depois que peço uma garrafa do Barolo, caro e saboroso. Sarah hesita antes de pedir um hambúrguer; o velho encara o maître:

— Suponho que no verão vocês não têm nenhum prato com favas.

— Mas seguro, *signore*. Nós temos o carpacho com favas.

Seu inglês parece o dos atores de Hollywood que representam um italiano que fala em inglês, e as palavras italianas que encaixa aqui e ali também parecem ditas pelos atores de Hollywood que representam um italiano que fala inglês.

— O que é esse carpacho?

— Nós cortamos a carne em finas fatias, como folhas de papel, e nós a servimos crua, junto com as bem cozidas favas. Os segredos são — dirigiu-se a Sarah — umas folhas de alecrim, o oliva azeite, que deve ser extravirgem, e as canelini favas, que são, claro, de Molcone, um casario daqui perto. Eles dizem que dão sorte para as sociedades comerciais. Você deve fazer uma boa comida com as famosas canelini e depois, com três peidos, o negócio não dar errado nem os sócios brigar entre eles.

— Bem, traga-me o carpacho.

— Eu recomendo você o acompanhar com um bom clarete de Fiésole, *signore*.

— Não, Eu vou ter o mesmo lombardo vermelho que Mario já ordenou.

— Conte-me — pergunto ao maître —, o carpacho tem tomate?

— Não, sem tomate. *Capuchina* alface como uma base, e uns cebola's anéis, crus, passados por água quente.

— Eu vou ter outro para mim.

Quando chega o carpacho, Sarah se espanta com a finura em que a carne crua foi cortada, mas não a experimenta.

— Como vocês conseguem isto? — pergunta ao maître.

— Só para você, *signora*, o segredo está em pôr a carne dez minutos no congelador antes de cortar as fatias.

A cozinha é de primeira, simples, saborosa, pratos que sustentam com firmeza todo o vinho que lhes entornamos por cima e nos quais se descobrem sabores frescos como a brisa que entra pelas janelas, empurrando um pouquinho de outono. Charles come cerimoniosamente: trespassa uma fatia de carne crua quase transparente e depois espeta duas ou três favas. Quando ambos os manjares estão ao seu dispor no garfo, fecha os olhos, abocanha a porção e a mastiga lentamente.

— Hmm! Sabe bem.

— Toda a Europa se alimentou com essas favas — digo.

Durante a refeição, às vezes sinto remorso por dar mais atenção ao vinho do que aos meus anfitriões, tão amáveis. Peço mais uma garrafa. À medida que avançam os pratos, eles me tratam com mais e mais afeto. Falam da viagem que estão fazendo pela Itália, sem roteiro fixo, livres e — isso eles não confessam — com dinheiro de sobra. Tento calcular quantas garrafas estão dispostos a pagar. Pelas suas perguntas, percebo que superestimam meus conhecimentos. Demonstram uma fé semelhante à de Eligia, que acredita que tudo o que se sabe é adquirido com muita força de vontade e uma escola adequada. Falamos do meu país, e me chama a atenção como é imprópria a informação que lhes dou. Minto, porque isso me faz sentir mais seguro, porque a estranheza de tudo o que me rodeia o permite, com um prazer puro e fantasioso.

Tentam fazer com que eu fale de mim, mas não solto a língua. Não falo de mim nem do meu país, pode ser perigoso; prefiro mentir. Como defesa, trato de interrogá-los.

— Eu tenho lá alguns irmãos, nada mais — o velho parece envergonhado. — Perdemos nosso filho, o único um. A culpa é desses malditos Firebirds. Deve ter sido algum problema com os freios, embora os rapazes na companhia de seguros não queriam reconhecer isso. Meu Andrew era o melhor volante de toda Camberra e muitas milhas ao redor. Ele era um real homem. Devíamos ter tido mais filhos... Minha juventude foi muito dura e me casei tarde. Teria gostado de ser um médico, mas nós trabalhávamos muito, sabe, Mario? E depois, esse terrível carro acidente... Não; você não sabe o que perder um filho significa, o que significa depositá-lo abaixo lá. Eu mesmo, com estas mãos, fiz todo o serviço. Fazia anos que não cavava diretamente no terreno, mas tive que fazê-lo. Eu pensei que Eu devia isso a nosso Andrew.

— Você é coveiro!

— Eu fui isso toda minha vida. Agora Eu possuo uma empresa. Estamos fazendo tudo bastante bem, e com esta viagem tento ampliar nossos modelos e personalizar mais nosso serviço. Os hábitos estão mudando lá. Cada tempo pedem mais símbolos para suas tumbas. Quanto menos eles entendem a morte, mais símbolos necessitam.

— Eu não entendo a morte. Eu necessito esses símbolos, sabe? Você entende a morte?

Reserva-se a resposta.

— Nós poderíamos usar um jovem como você lá. Minha Sarah já não quer trabalhar mais, não depois do que aconteceu com Andrew. Ela o lavou e o vestiu. Depois, ela não quis voltar para o escritório. Tenho empregados, mas ninguém com classe, alguém que possa ficar no meio da sala, receber um parente arrasado e falar-lhe com conhecimento sobre diferentes modelos de tumbas, citando em latim os papas e reis que as escolheram. Você tem aquilo que precisa ter para o trabalho. Olhe para você mesmo: você está já vestido de preto. Claro, você não teria que cavar nem nada na sorte. Agora temos empregados e pás mecânicas. Mas Eu não posso negar que é um duro ofício o de "levador para baixo" — Charles se detém nessa expressão e reflete sobre ela. — Essa mesma expressão, Mario, não deixa muitas saídas: "levador para baixo" é uma expressão que põe mais confiança no inferno que no céu.

— Você acredita que já superou os escrúpulos, que é uma profissional — comenta Sarah —, e de repente morre um ser querido e todo o profissionalismo não serve de nada. Só o Senhor ajuda.

— Talvez minha Sarah tem razão — acrescenta o velho. — Eu não sei muito de religiões. Ser de uma específica religião não me convém, reduziria minha clientela. Eu estou nesse negócio porque quando tive de ganhar a vida, e isso aconteceu assim que deixei de ser criança, "levador para baixo" foi o melhor e único emprego que pude conseguir. O que realmente sei é que é embaixo para onde os levo, e embaixo os deixo.

A partir desse ponto, os papéis se invertem e sou eu quem carrega o peso da conversa, inventando mais histórias sobre a Itália ou o meu país, enquanto meus amigos ficam cada vez mais calados. As duas últimas garrafas é ele quem as pede. Os garçons retiram os cascos vazios olhando-me com um sorriso cúmplice. Deixamos a mesa bem tarde. O velho se despede de mim com um: "Nós nos vemos de manhã. Não deixe de considerar nossa oferta. É uma boa oferta".

Não preciso acender a luz do meu quarto; através da janela aberta, a pequena planície envia um firme brilho noturno. Uma das portas do guarda-roupa vazio ficou entreaberta, mostrando no seu interior uma escuridão fanhosa. Diferentemente do túmulo do cantor, este parece a ponto de me devolver algo, de me entregar um regresso não solicitado.

Levanto e saio para caminhar. No saguão do hotel encontro um dos garçons; ele põe algumas notas no meu bolso. Eu o escuto sussurrar uma frase que termina com "comissão pelas garrafas. Por Baco! Que fígado!". Dirijo meus passos para o povoado.

No trajeto desço a vertente sem cultivar da colina do hotel. Encontro na beira do caminho as mesmas plantas que vi no jardim de Milão, mas agora afastadas entre si, como se aquela contenção que mostravam na primavera passada, aquele olhar umas às outras antes de existir, se tivesse transformado no fim do verão numa liberdade um pouco selvagem e anárquica. Às relações que se travavam entre as plantas no jardim impõe-se, na ladeira e na pequena planície próxima, no antigo povoado de pedra que se esconde na colina vizinha, uma totalidade superior, que não depende de cada elemento nem dos vínculos que estes possam estabelecer entre si.

Fito a escuridão e a descubro rica. As sombras unem tudo e o multiplicam com sombras criadas pelas próprias sombras, mais alguma fagulha arrancada da aplacada luz do céu, que as penumbras recebem como um remédio precioso, para armar, na noite, um sentido coletivo da forma.

Recordo o passeio diurno no Firebird. Velocidade demais, impressões demais; não ganhei nada com aquela vertigem. Enquanto caminho, urzes e zimbros se balançam indiferentes. Passei tantos meses confinado!: a clínica daqui, o apartamento de Arón, a clínica de lá. Estes dias de vagabundagem se limitaram a compartimentos de trens e vilarejos. Depois de três anos, dou meus primeiros passos fora de espaços arquitetônicos. Já não se trata de arcos e colunas. O olhar que o professor de belas-artes

Bormann construiu em mim com tanta tenacidade, e que assimilei com muito orgulho, agora se aventura por territórios incompreensíveis. Mas a noite me dá sua lição simplificando tudo, remetendo-me ao que é elementar, ao que unifica, saltando do indivíduo, do detalhe, do exemplar, para a composição.

As sombras mais claras delineiam as poucas árvores do caminho. Basta um sopro para estremecê-las de leve. Não se trata de um lugar selvagem. Ao pé da colina se vê a parte moderna do vilarejo, e às minhas costas as luzes do hotel se afastam a cada passo que dou. Não é uma paisagem que exclua o humano, mas por certo o subordina com gentileza.

Recordo as paredes que emolduram com indiferença o jardim de Milão. O pequeno quadrado de verde prisioneiro convidava a permanecer nele, mas a desordenada disposição de planos e perspectivas na colina convida a se mover em muitas direções. Considero, por exemplo, o regresso ao meu país, onde uma mulher bela não me espera mas me quer; meu lar, lá, era o apartamento chamuscado de Arón. Logo percebo que não vale a pena convencer Eligia a um regresso abrupto em troca de tão pouco. É certo que ela também pensa muitas vezes em voltar, e com muitas mais razões do que eu. Outra possibilidade é Genebra, mas seria uma intrusão na liberdade de Eligia, no seu direito de se entediar com Piaget, um pedido de socorro que não vou lançar. Chega a me passar pela cabeça a possibilidade de já ir a Milão e ficar em algum hotelzinho barato e fiado, já que não tenho quarto na clínica... procurar Dina para lhe pedir ajuda. Mas pedir ajuda a Dina parece absurdo. Só depois de avaliar todas as alternativas percebo que não estou em condições de desfrutar dessa liberdade que a colina me oferece.

O calor do vinho e a brisa fresca me provocam uma sensação estimulante, mas o que desperta em mim é o temor de já não querer ser um solitário, como fui durante todo este vagabundear e durante tantos meses na clínica. Arrependo-me de ter falado pelos cotovelos com os velhos. Aperto o passo; já não tenho ritmo de vagabundo, mas de fugitivo. Sem me dar conta, me vejo de repente na estação.

— Quando passa o próximo trem?

— Para onde?

— Para qualquer lugar.

É um trem repleto de estudantes. Os compartimentos e os corredores estão cheios; alguns passageiros viajam deitados ou sentados no chão. No abandono do sono, entregam-se com confiança ao companheiro ou à companheira. Sento num canto. Deixei minha sacola no hotel. Não poderei trocar de roupa nos próximos dez dias. Dois dos meus vizinhos se reacomodam resmungando. Quando chegamos a uma estação, eu me levanto para descer e comprar alguma bebida, mas antes de dar o primeiro passo o corredor já se enche de outros estudantes que sobem silenciosos e se deitam onde podem. Sem trocar uma palavra, os novos passageiros retomam em seguida o dormitar que certamente começaram na plataforma. Parece-me injusto acordá-los. Deve ser segunda-feira: provavelmente estamos a caminho de uma cidade universitária. Alguém rompe o calmo silêncio com uma exclamação: "Mas quando chegamos a Bolonha! Já devíamos estar lá". Outra voz, mais firme, responde: "Neste país ainda tem gente que não sabe se contentar com o pior. Têm o trem e agora ainda querem horários".

Sinto uma profunda indignação ao pensar na oferta dos meus amigos australianos. Ninguém anda por aí propondo a desconhecidos que assumam um negócio. Além disso, não posso aceitar aquele emprego sem saber nada de latim. Seria uma fraude. Na lembrança, até me parece desenterrar algum tom suave e paternal nele, alguma indicação maternal nela. A sensação de desconforto cresce em mim. Vagarei por mais alguns dias e depois voltarei a Milão. Gostaria de conversar com esses estudantes, meus companheiros de viagem, contar-lhes o que vi enquanto descia pela colina, mas nestes tempos já não se fala na Natureza: cairia em ridículo.

Depois de vinte minutos de sacolejo, uma voz de jovem soprano, imprevista na escuridão, pergunta para a companheira:

— Você leu o relatório do Partido?

— Sim.

— Coisa dizem desta vez?

— Que a classe operária está mais pauperizada que nunca. A exploração não se tolera mais: os operários usam boina porque já não têm dinheiro nem para comprar um simples boné.

— Eu porto a boina porque os cubanos usam boina.

— Diz que o consumo de proteínas da classe operária é mais baixo que durante todo o século passado. Que a acomodação capitalista está a ponto de conseguir que os membros do Partido fiquem em casa olhando a tevê, em vez de assistir às reuniões.

— Sabe que a casa compramos o televisor? E de vocês?

— O temos já faz três anos. Agora papai está para chegar na seiscentos. Nem ele mesmo pode acreditar. O vovô diz que somos todos traidores da causa. Você viu a transmissão de San Remo? A mim, o Celentano de agora me agrada. Não faz mais o palhaço... Sente, é segura de que este é o rápido das 0 e 45 para Bolonha?

— Não... — intervém uma voz masculina jovem —, esse é passado às três por Rímini. Este aqui é o local das 4 e 25.

— Não, não — assegura uma quarta voz, indefinível na escuridão —, este é um especial a Pádua, fora de planilha. O que vai a Bolonha não para.

— Mas alguém sabe a que horas arribaremos?

IX

... I feel thee ere I see thy face
*Look up, and let me see our doom in it.**
J. Keats (*Hyperion*, I, pp. 96-7)

Voltei a Milão dois dias depois do combinado; Eligia já se reinstalara no quarto. Estava animada; o descanso lhe fizera bem e ela mostrava vontade de retomar o tratamento. As anfractuosidades mais profundas tinham desaparecido graças à "matéria" fornecida pelos retalhos, e ela via muitas possibilidades nas suas carnes ganhas. Os médicos não se fizeram de rogados, e na primeira operação dessa etapa ela deixou o centro cirúrgico com uma grande novidade: as pálpebras refeitas. A restauração me pareceu bastante aceitável, ainda que os olhos não se fechassem por completo, mas bastava para que, de noite, o quarto ganhasse

* "Sinto-te antes de ver teu rosto/ Ergue teu olhar e deixa-me ver nossa condenação nele", em tradução livre. (N. T.)

um ar mais calmo, ao ficarem cobertos seus despidos globos oculares.

Com a substância, voltou o rosto, ou pelo menos um esboço geral dele. A arrumadeira de bafo condimentado me disse com certo desdém no sorriso:

— Queria biom-bos? Bem, aí tem os seus biombos.

E apontou para as novíssimas pálpebras de Eligia.

Nas minhas cotidianas excursões ao bar, não encontrava Dina. Perguntei por ela, mas o rapaz não soube me dar notícias.

— Essa desapareceu de dois meses. Dizem que agora faz a senhora.

Dez dias depois do reimplante das pálpebras, o olhar de Eligia começou a se turvar e seu olho direito a lacrimejar. Os médicos a submeteram a um cuidadoso exame. Quando voltaram da sala de procedimentos, pareciam constrangidos. O professor Calcaterra se dirigiu a mim com certa solenidade.

— Agora lhe explicará o doutor ajudante principal Risso, que esteve à frente da reconstrução de pálpebras da senhora.

O professor Calcaterra demonstrava muita frieza em relação ao dr. Risso. O ajudante me levou a um canto e me falou num tom de voz baixo, que seus colegas não podiam escutar.

— Sr. Mario, há um pequeno inconveniente. Por um descuido, do qual assumo toda a responsabilidade, a pele do braço que empregamos para reconstruir a pálpebra direita foi aplicada incorretamente.

— Não me parece assim mau.

— Empregou-se pele do braço, e a epiderme ficou do lado interno, em contato com o olho.

— Isso é mau?

— Não, não teria nada de mau, não fosse porque não notamos uns folículos ativos. Agora os pelos estão crescendo do lado interno da pálpebra e, claro, irritam o globo ocular. Incomodam terrivelmente sua mãe.

— Então, pensam reconstruir toda a pálpebra outra vez?

— Consultamos sua mãe e estamos de acordo em que por ora deixaremos as coisas como estão. Depois veremos. Se poderia usar eletricidade, mas é um tratamento muito longo. Isso se faria quando vocês voltarem ao seu país. Se a depilação elétrica não der resultado, então sim, caberia reconstruí-la, mas por ora tudo o que faz falta é, a cada dez ou quinze dias, virar a pálpebra com a mão e com uma pinça arrancar os pelinhos que começam a nascer.

Quando o professor Calcaterra viu minha cara de espanto, veio até mim e me levou até a cama.

— Olhe — seu indicador apontou as cicatrizes com a franqueza de sempre. — Nada de queloides. Fim do caos. Restam algumas marcas normais e alguns inconvenientes, como meu assistente lhe explicou, mas estas são cicatrizes da ordem, da razão. O ataque que havia desatado o caos na carne ficou conjurado por estas cicatrizes, que agora são como um limite entre o ódio anterior e o tempo do futuro, que será de fé e deve apoiar-se nestas marcas... Lhe confessarei um segredo: vi tantas grandes cicatrizes... a esta altura da minha vida creio que um corpo só é criador quando ultrapassa os planos da forma humana, quando se supera, superando a natureza — olhou de lado para Eligia, que mostrava incompreensão em seu rosto preenchido pela ciência. — Não se deixe levar por preconceitos — acrescentou dirigindo-se a ela. — "Irregularidade" é uma palavra invejosa que os impotentes, nas suas tristes regularidades, lançam contra a criação.

Durante o resto da nossa estada em Milão e até depois da nossa volta, minha vida e meu beber giraram em torno da pálpebra de Eligia. Sempre que se aproximava a data da depilação, eu bebia apenas o estritamente necessário para que meu pulso não tremesse. Como Eligia tinha experiência em detectar traços de álcool, graças a seus trinta anos de casamento com Arón, minhas precauções eram tantas que pareciam muito uma recuperação. Quando encarávamos o momento crucial, eu sempre lhe perguntava se ela não queria que chamasse uma enfermeira para pinçar os pelos, mas ela preferia que fosse eu quem fizesse a operação. Nunca ousei averiguar até que ponto ela era ciente da situação. Muitos anos depois eu ainda me perguntava se ela me pedia que a depilasse para manter minhas bebedeiras sob controle, pondo em risco seu próprio olho, mas o fato é que a dúvida me foi útil e essas depilações provavelmente me salvaram a vida.

Na terceira ou quarta sessão, ganhei bastante prática. Era importante apoiar o pulso numa almofadinha e usar uma lupa. Na aumentada imagem do seu olho, viam-se com nitidez as veias, o palpitante reverso da pele, o globo trêmulo. Eu trabalhava com extrema minúcia, correndo até o risco de provocar um pequeno estiramento, mas queria ter certeza de que durante os dez dias seguintes ela não sentiria nenhum desconforto, porque essa certeza me permitia beber durante cinco dias, pelo menos.

Nosso segundo outono em Milão se passou entre depilações e leituras. Eligia estava mais atenta e precisei repetir menos capítulos. Também se mostrava mais ativa, o que nos permitia comentar o que líamos.

As referências à carne vindas do mundo exterior já não soavam tão sarcásticas: os anúncios de produtos de beleza, por exemplo, tinham perdido sua pesada carga de escárnio, e ela até me pediu para comprar um pó de maquiagem com o qual tentaria disfarçar as diferenças de cor entre a pele original e a enxertada.

* * *

Em novembro, Eligia me pediu uma das poucas coisas que não tinham relação com seu tratamento médico.

— Mario... Será que você não me faria o favor de dar um pulinho na administração da universidade? Não fica longe daqui. Talvez ainda conservem nos seus arquivos uma conferência que eu dei lá em 46. Eu era tão jovem, e o Arón se vestia tão bem! Para enfrentar o frio da Europa, mandou fazer um sobretudo com forro de lontra e colarinho também de pele. Quando entramos no auditório, ouvi um senhor perguntar se ele era o embaixador da Rússia... Você e seu casaco preto! Foi no outono de 46, em novembro, tenho certeza quase absoluta, antes de irmos morar na Suíça. Lembra? Você era tão pequenininho. Tinha medo dos escombros porque achava que ali viviam as múmias egípcias que tínhamos visto nos museus. Quem será que meteu essas ideias na tua cabeça?... Milão ainda estava tão destruída pelos bombardeios! Hoje está irreconhecível. Na época me disseram que começaram a reconstrução antes mesmo de a guerra acabar. Ainda podiam voltar a bombardear a cidade, mas eles a reconstruíam assim mesmo. Como essa gente trabalhou! Você precisava lembrar! A praça San Fedele, a região de San Babila, a do Palácio Real. A gente olhava as fachadas tão bem construídas, e atrás só havia escombros e ruínas prestes a desabar. O que mais me impressionava era ver, pelas janelas, o céu brilhando no que devia ser o interior dos prédios... Lembro de uma cariátide: a cabeça e os seios, num só bloco branco, estavam entre o entulho que os operários tinham amontoado atrás da fachada. Talvez fosse uma das famosas cariátides da sala do Palácio Real. Cada bobagem que a gente lembra! Pelas armas que levava, parecia uma Atena, mas a cabeça não tinha elmo...

* * *

Perguntei aos médicos onde ficava a administração da universidade. "Ah! A Ca'Grande", exclamou um dos assistentes do professor e me indicou como chegar até lá a pé.

A fachada do edifício ostentava um excesso de motivos ornamentais: sobre as janelas geminadas destacavam-se medalhões, dos quais sobressaíam bustos de cerâmica de profetas e sábios. Os personagens estavam plasmados em posições forçadas, alguns com os braços estendidos para o exterior, gesticulantes e admonitórios. Pareciam criaturas que tinham aberto um rombo na parede, que estavam tentando se libertar daquele espaço carcerário. Temi um iminente parto completo dos tijolos e me perguntei o que as figuras de sábios e profetas fariam uma vez em liberdade.

No arquivo logo encontraram a conferência de Eligia. "De 46 para cá, não há problema; os problemas começam de 45 para trás. Neste edifício são caídas bombas, mas os arquivos se a cavaram melhor que alguns humanos. Se figure: mil anos de história!"

A conferência versava sobre "As escolas-lares nos países de grande extensão". Levei duas horas para copiá-la, duas horas de estatísticas velhas e enfadonhas. Quando me despedi, o funcionário me sugeriu uma visita ao edifício. "Me recomendo a Quadraria."

Pude ver a coleção de arte. Num passado remoto, a reitoria foi o principal hospital da cidade. Conservavam-se as imagens dos benfeitores que haviam sustentado a Ca'Grande com suas doações. Possuía obras excelentes, com retratos. Quando já ia me retirando, aproximou-se um velhinho com uniforme de zelador.

— Lhe praz? Belo não? Todos estes senhoraços, tão bons, que doaram sua fortuna para os pobres doentes. Um grande exemplo! Os retratos os mandava fazer o próprio hospital, como agradecimento pelas doações: meio-corpo, por uma grande doação; corpo inteiro, por uma doação excepcional; equestre, por uma fortuna. Quanto mais generosa a doação, maior e mais magnífico o retrato. É justo. Depois eram expostos nos pórticos, todos os anos ímpares, em 25 de março, dia da Anunciação da Virgem, que nos salva das travessuras de Eva. — Aproximou-se com ar de confiança e me disse num sussurro: — Nem todos os quadros são de grande qualidade. Os pintores esperavam uma boa gorjeta dos ricos doadores, sobretudo daqueles que mereciam retrato equestre. Mas, se a gorjeta não estava à altura das esperanças do artista — fitou-me ameaçador de sua baixa estatura —, o quadro não saía uma obra de arte perfeita. Os cavalos eram os que mais sofriam. Quando o doador reclamava, o artista respondia que era inegável a generosidade do cavaleiro para o hospital, mas que não se podia dizer o mesmo do cavalo — aproximou a palma da mão à altura do meu umbigo. — Mas se pararmos para pensar, os doadores tinham sorte. Nem sempre a cara com que entraremos na posteridade depende das gorjetas que podemos dar.

Na rua caía uma neblina, luminosidade cinza que se apoderou dos prédios e das árvores dos parques até penetrá-los e roubar-lhes todo corpo, véu que envolvia as linhas e volumes deixando apenas um rastro do que as coisas haviam sido. No meu percurso de volta, tive de caminhar ao longo de uma grade interminável arrematada por pontas de lança douradas, que protegia os jardins de uns edifícios públicos. Mais uma vez, a primeira grande névoa do ano me surpreendia na rua. O cinza, que com tanta calma devorava o mundo, adquirira um tom azulado, vapor translúcido com uma gotícula celestial que, quando parecia estar ao alcance da mão, se dissolvia num hálito quieto e impalpável. Fixei os olhos na linha dourada de pontas de lança que se perdia em perspectiva, e o tempo e minha memória desapareceram com as formas. Só perdurou o dourado, que escapava imóvel para seu ponto de fuga. Pouco a pouco, o brilho dos áureos losangos foi-se vinculando com a névoa que o rodeava, e pareceu que a relação entre o dourado e o translúcido tinha uma sorte vacilante. A névoa ia cobrindo a grade, e quando esta sumisse tudo ficaria definitivamente confuso e perdido. Contudo, pouco a pouco, a cor de ouro tirou força do seu próprio interior e começou a se reafirmar. Vi então que a névoa se dissipava com o toque dourado já em seu seio. Assim recuperei em mim o fio dos pensamentos, que voltou trazendo a lembrança de Dina.

No dia seguinte comecei a ler para Eligia sua velha conferência. Passados dez minutos, notei que ela estava cochilando. Interrompi a leitura, e poucos minutos depois ela acordou.

— Eu era tão nova... A conferência é minha... mas quem construiu aquelas escolas foram o General e sua mulher. Que horror! Joga isso no rio, como um entulho.

Os médicos afinal anunciaram a data em que poderíamos voltar ao nosso país, março de 67. Não senti nenhuma alegria em especial, mas Eligia ficou muito animada. Tinham se passado vinte meses, e ela não via a hora de reencontrar seus outros filhos.

Trinta dias antes da viagem de regresso, visitei o bar. Não tinha anunciado minha partida a ninguém. Senti alguém puxar levemente da manga do meu casaco. Era Dina. Estava um pouco mais cheinha e usava um longo avental.

— Que está fazendo aqui?

— Te procurava.

— Onde andou todo este tempo?

— Sentiu saudade? Me sou empregada de um veterinário. No começo varria os pelos dos cachorros, mas agora já faço as *coiffures*. Com uma colega logo montaremos um cabeleireiro no nosso distrito.

— Para homens?

— Para cachorros. E me comprei a seiscentos a prazo.

Pela primeira vez me convidou ao seu apartamento. Vendo como os vizinhos a tratavam, deduzi que fazia pouco tempo que tinha se mudado para aquele prédio.

A partir desse dia, Dina passava todas as tardes pela esquina para me buscar com seu seiscentos. Não fiz nenhum comentário sobre suas mudanças. Ela se desdobrou pelo meu bem-estar. A cada entardecer, tinha uma boa surpresa preparada para mim, algum agrado no qual havia investido seu tempo.

Apresentou-me à tia, de quase setenta anos, que morava com ela. A primeira coisa que a velha me disse, quando Dina nos deixou por um momento a sós, foi: "Que coisa acontece a ela? Está verdadeiramente apaixonada por você? Isto é muito importante para ela... e para mim". Mas Dina, que já ia voltando para a sala, pediu que ela se calasse, num tom alegre e falsamente ofendido.

Pude dedicar bastante tempo a ela, pois Eligia já não precisava de tantos cuidados. À noite, a tia se recolhia cedo ao seu quarto e nos beijávamos e víamos tevê na sala. Os programas de variedades eram quase tão idiotas como os do meu país.

Dina intuía as insuficiências da sua oferta, mas se aferrava a ela com muita intensidade. Tinha adotado um modo de ser em que se percebia uma espera confiante. Não sugeria que eu trocasse de camisa nem que parasse de beber, não me presenteava com gravatas nem com um casaco novo; não tinha se convertido totalmente aos sonhos do milagre italiano, coisa que eu agradecia, mas quando ela detectava algum botão solto, se apressava a me tirar a calça ou a camisa e se inclinava sobre a mesa para pregá-lo com esmero. Eu a deixava fazer essas coisas sem pedir nada.

Notava nela uma vulnerabilidade, uma tácita autorização para ser humilhada, que me fez temer pelo seu futuro e pelo que o milagre econômico faria dela. Nunca me passou pela cabeça que eu pudesse ter alguma participação nesse futuro.

Depois da televisão e antes de eu ir embora, ela me preparava uma xícara de canarino e me acompanhava até a entrada do prédio. Aí se apertava contra mim e me beijava com força exagerada.

Na noite anterior à minha partida, já com a passagem de avião confirmada no bolso, eu ainda não lhe avisara que estava prestes a ir embora. Ela mantinha a mesma disponibilidade afetuosa. Tinha impregnado seu modesto apartamento com um ar de agradável expectativa, como se algo de fértil estivesse para acontecer. Os móveis chegavam a ser patéticos de tão pobres, mas havia vasos nos cantos, e as plantas cresciam saudáveis.

Naquela noite, Dina me reservava outra surpresa. Antes de irmos ao seu apartamento, passamos por um açougue — um local com mármores e vitrines onde as carnes eram exibidas entre folhas de alface primorosamente arrumadas —, e ela perguntou o preço das bistecas. Estavam a trezentas e cinquenta liras *l'etto*. Pediu uma de duzentos gramas e outra do meio quilo.

— Quero te fazer uma comida bem sul-americana para revigorar-te.

No apartamento, a tia cuidou da comida. "Bem malpassadas", recomendou Dina, olhando-me como se conhecesse todas as minhas preferências. Depois foi tomar banho, e a velha e eu nos acomodamos na cozinha.

— Quer um copinho de vinho?

Serviu-me sem esperar a resposta. A tia bebia um refrigerante. Permanecemos alguns minutos em silêncio. A carne começou a chiar sobre a chapa. A mulher se ocupou lentamente de outras tarefas da cozinha, que cheirava a especiarias.

* * *

— O senhor gosta da bisteca assim, crua e sem tempero? Eu gosto de risoto. Para mim, o primeiro tempero do risoto é o gersal; por cima vêm as outras especiarias, mas se essa base não é bem preparada, adeus, risoto! Minha irmã preparava uns knishes, só com um pouco de cebola; e fazia um falafel, com o grão-de-bico bem amassado e temperado que até dava para confundi-lo com alguma carne branca! Antes da guerra se comia com sabor. Davam água na boca as histórias do passado: estavam as especiarias com que havíamos combatido o frio da Europa oriental, o cereal que a terra nos tinha prometido, as receitas que nossas avós tinham usado a vida inteira... Mas depois veio a guerra... Que maldição!... Tudo aconteceu um dia que parecia comum, em 43, antes dos bombardeios. Ela levava Dina no colo, de volta para casa. De repente, um carro com aqueles homens parou no prédio onde Dina morava com a mãe, o pai e os irmãos. Baixei a cabeça e, sem tirar os olhos do chão, me enfiei com a menina no meu prédio, que ficava pegado ao de minha irmã; fechei as janelas. Ainda bem que a minha Dinina era tão pequena que não entendia o que estava acontecendo!... A mãe dela foi levada para o norte, por colaborar com os partisanos. Então me refugiei com Dina no sítio de uns amigos, na Padana. Não foi fácil encontrar um lugar seguro... Naquele tempo, nem todo mundo se aproximava de mim, sabe? Essa gente, velhos amigos, tinha comprado a propriedade em 19, quando todos pensávamos que os bolcheviques estavam na nossa porta... Mas como em 44 a situação piorava dia por dia, os donos do sítio tiveram temor e nos pediram para sair de lá. Eu nem sequer sabia como voltar para esta cidade. Sobre a estrada, por sorte, pegamos carona em um caminhão com quatro camisas negras. Recordo que antes de subir vi um cartaz pintado sobre a cabine que dizia "Ou dá, ou desce"... Quando chegamos de volta a Mi-

lão, tudo andava pior. Pobre cidade! Foi a que por mais tempo sofreu: desde que começou toda essa história negra, logo depois da paz de 18, até o último dia, quando o penduraram aqui com aquela pobre moça que não entendia nada... Retornando nós duas a Milão, nenhuma daquelas lindas vitrines tinha mais mercadoria. A gente do governo dizia que era para evitar saques durante os alarmes aéreos, mas na verdade os comerciantes não tinham o que pôr nelas. Nem também havia o que pôr na boca. Eu e Dina não tínhamos aonde ir. Passamos pelo apartamento de minha irmã. Ainda se sentia o cheiro da comida que ela preparava. Minha irmã tinha sido uma rainha ali. O senhor teria conhecido comida de verdade, em lugar de carne na chapa! Mas tivemos medo de ficar ali ou no prédio vizinho, onde era a minha casa. Nos instalamos em uns quartos, em uma construção em ruínas. Eu ganhava algumas moedas fazendo faxina e cozinhando no apartamento de um grupo de oficiais alemães. A comida deles, no quartel, era horrorosa; os homens é que faziam, e era sempre um cozido intragável — como eles mesmos me contavam —, sempre passado do ponto, com salsichas em lugar de carne. O óleo das frituras era usado várias vezes, e as batatas desmanchavam mal o garfo tocava nelas, ao passo que as favas ficavam duras como ossos. Por isso preferiam mandar-me comprar o que se podia conseguir no mercado negro, e assim eu lhes preparava alimento decente. Aproveitava para papar também eu e levar um pouco para a menina, que ficava sozinha. Já de tarde, quando eu partia para o apartamento que eles usavam para comer e outras coisas, era tudo escuro sobre a rua. Imagine ao voltar, no inverno, do jeito que Milão é negra de noite, mais toda aquela névoa, e em mais o cobrefogo... As ruas, fora do centro, eram só buracos. Eu tinha medo das ruas, não era boa época para andar por elas. E de mais, antes de cozinhar, precisava bater perna por meia cidade para conseguir um pouco de sal. Era monopólio do Estado, e as salinas tinham ficado do lado dos aliados. No mercado negro valia quase tanto quanto os remédios que vinham contrabandeados da Suíça. Sem sal!, eu que gosto de preparar o risoto com gersal. É preciso bastante sal grosso, colocá-lo no fundo de uma panela de ferro e ali torrar o gergelim. Tem de ser atento ao torrar o gersal, porque se passar um pouquinho, fica amargo... Ah, sim, querido meu! Naqueles dias tudo estava empapado de uma ira amarga e fria, como essa neblina das ruas.

— Conheço muito bem essas névoas de Milão.

— Não era uma ira grandiosa. Minha gente conhece a ira grandiosa, aquela que sempre nos faz saber que há um lugar para a reconciliação. Se pode arder em ira e, no entanto, andar para a reconciliação. A ira chega ao outro, o toca, os une e os supera. Mas quando alguém tenta separar a ira da reconciliação, então a ira é só ódio, puro, frio, isolado, sem grandeza. Naquele tempo, a ira era profissional, não se interessava por nada. Na realidade, ninguém sabia onde queria chegar tanto furor; só estava claro que eles queriam mostrar todo o seu poder, sem vergonha, para todos... Foram anos em que as normas eram longes, não tinham nenhuma explicação, nenhuma importância. Mal podiam ser chamadas leis! Eu conhecia normas e castigos severos desde a minha infância, mas estavam sempre perto de nós. Eram leis com história, com recomendações para viver. Você podia falar com essas leis porque elas te respondiam; e podia falar com a sua gente sobre essas leis. Acho que a loucura chega quando você percebe que existem normas contra o amor, contra a existência das pessoas, feitas, não para favorecer alguma conduta boa, mas para conseguir o frio total. Caíram em cima de nós aquelas normas de gelo. Eu sofri tanto o frio daqueles invernos!... Já bebeu outro copo?...

— É bom.

— ... As nossas velhas normas podiam ser normas de fogo, mas era o fogo do lar.

— Não existe melhor lugar que o lar.

A velha retirou as bistecas da chapa; já tinham passado do ponto.

— Nessas normas residia Ele, que Te falava de perto, Te tratava de você sem mostrar o Seu rosto. Reservava Sua face. Por que haveria de mostrá-la todo dia, se nós mesmos não podemos ver nunca nosso próprio rosto? O rosto é para receber os outros; tudo aquilo que recebe está no rosto: olho, orelha, boca e até a bochecha, que recebe os golpes. O rosto é para que os homens se possam conhecer a fundo entre eles. Por isso é sagrado…

— Sim, o rosto é sagrado.

— … porque já é o Outro. A gente deve fazer do seu rosto o berço do amor. Só há rosto de verdade quando há vontade de amar; se você não ama, o rosto do teu próximo se faz bisteca, uma coisa temível… Todo o mundo se esqueceu do medo. Antes, o medo mudava o rosto de todos nós. Agora, olho em torno, e parece que a única medrosa fui eu. Quando se tem medo, muda a natureza, muda o gosto da comida, muda até o mesmo medo… A partir daquele dia em que levaram a mãe de Dina, eu tive medo. Sair na rua era uma façanha. Eu repassava o trajeto passo por passo, e os lugares onde qualquer fardado ou qualquer policial à paisana me deteria. A partir daquele dia eu me senti separada de tudo… Nem também me servia ficar fechada naquele prédio meio em ruínas, porque aí tinha a sensação de que nem o meu lar me pertencia. Ouvia o silêncio nas escadas, e eu mesma o enchia com rangidos de degraus e passos. Me parecia que uma força empurrava de fora e o trinco estava sempre a ponto de rebentar. Era enlouquecedor, ficar quieta todo o tempo, olhando a maçaneta. Eu me imaginava alguém parado do outro lado, à espreita, em silêncio… Além de tudo, se delatava, sabe! Todos tinham direito de condenar alguns poucos à morte. Se traía; o mesmo olho que hoje te sorria amanhã te denunciava. Como mudavam as caras daqueles desgraçados! Parecia incrível que fossem as mesmas pessoas. Um ho-

mem, mas duas caras... Hoje tudo é diferente. Com a paz, as caras parecem sempre as mesmas. Mas eu já sei que basta alguém da política começar a dizer besteiras para que essas caras comecem outra vez a ser duplas. O senhor o que pensa?

— *Não! Se eu penso igual à senhora.*

— *Que cara pode ter uma pessoa que está além da culpa, que vive na burocracia do mal? "A gente nunca sabe de antemão que cara terá o mensageiro d'Ele", dizia a avó do nosso doutor teólogo, mas pelo menos, acrescento eu, sabemos que na hora eleita, ele a mostrará e não a esconderá embaixo de capacetes, viseiras, capuzes, quepes, óculos escuros. Os fascistas usavam tudo isso para que se vissem só os lábios, aquelas bocas indiferentes. A cara só se mostra por amor... Precisava ver aquelas casas vazias, depois que eles passavam e levavam as pessoas à força.*

— *Que horror! Eu me considero um inimigo pessoal da violência, sabe?*

— *Se notava que não restava naqueles quartos nenhum canto para o reencontro, nenhuma memória do que ali se tinha vivido. Nenhuma mãe poderia cozinhar outra vez naquelas cozinhas...*

*

Dina interrompeu o monólogo da velha. Sem dizer uma palavra, a tia se retirou. Comemos a carne esturricada, os dois na sala, em silêncio mas com vontade, sob o olhar atento que Paul Newman nos dirigia do alto de um pôster. Depois bebi alguns uísques. Considerei que, não fosse pela minha viagem no dia seguinte, essa seria uma boa oportunidade para mudar nossa relação: alguns beijos, duas palavras... e Dina se esqueceria por completo da aparição noturna e evanescente que havia sido para mim ao longo de vinte meses. Não era uma mulher voluptuosa; eu tinha certeza de que não seria difícil para ela se transformar, por indolência e simpatia, numa companheira fiel. Mas devia confessar a mim mesmo que a qualidade que mais me atraía nela era justamente aquela evanescência noturna que me eximia de qualquer compromisso. Eu considerava, naquele tempo, que estava quite com Dina: nunca lhe pedira ajuda.

Ela me beijou e tirou a roupa. Tinha pernas e braços longos, mas um corpo compacto em que os volumes e concavidades se apresentavam com timidez, criando sombras e modelados suaves porém firmes. Tudo nela era matéria positiva, que não precisava de abismos para se sustentar. Sua pele se estendia com firmeza, à espera da carícia, uma carícia que causava em mim um efeito semelhante ao que sentia ao apalpar de olhos fechados uma estátua polida. Mas o corpo de Dina não era de mármore nem de nenhuma outra rocha; quase me surpreendeu quando o toquei e cedeu onde meu dedo apertou, no extremo superior do esterno.

Na salinha, entre móveis estofados com plásticos de cores berrantes que pareciam feitos para repelir qualquer coisa quente, o corpo de Dina se destacava por contraste, pela sua disposição a aceitar tudo, e pela certeza de poder receber tudo. Olhei para ela demoradamente: um rosto que sustentava sua presença face à nudez, tão leve e notável, ao mesmo tempo, que conseguia o equilíbrio com o corpo. Num movimento da cabeça, destacou-se nela, como uma flechada, o tendão que atravessava o pescoço e ligava o rosto ao peito, transpondo o alto triângulo que formavam os olhos e a boca a outro maior, mas de proporções parecidas, formado pelos mamilos e pelo umbigo. Meu olhar saltava do rosto ao corpo e do corpo ao rosto... Os artistas são vítimas dos gêneros — eu disse mentalmente —, nenhum pintor conseguira o equilíbrio entre retrato e nu que Dina alcançava.

Demorei meus olhos no seu rosto. Os pelos da sobrancelha e o arco ósseo coincidiam no supercílio, mas perto das têmporas se separavam um pouco, e aí o osso mostrava seu perfil logo abaixo da pele fina. As pálpebras não precisavam de maquiagem: as órbitas ossudas sombreavam naturalmente, assim que a luz se inclinava, os olhos fundos.

Dina era uma mulher que gostava de se apoiar sobre os cotovelos sempre que podia. Eu a vira muitas vezes debruçada no pequeno balcão do bar ou sobre uma saliência do muro do Corso, enquanto um cliente falava com ela. Quando se apoiava nos cotovelos, seus ombros se elevavam até muito perto das orelhas e então se podia apreciar seu corpo, tão na contramão das divas neorrealistas em voga naqueles anos de abundância. Era preciso muita coragem para trabalhar com aquele corpo. Ela vagava pelas ruas com um ar desvalido, quixotesco, mas para sua sorte havia pouca concorrência naquela área tranquila e afastada do centro.

Um dia, no bar, pouco depois de conhecê-la, num daqueles debruçamentos — dessa vez sobre o jukebox que despejava as nostalgias daquele "Rapaz da via Gluck" entoadas por um inexpressivo Celentano — fixei o olhar no seu braço, primeiro; num fragmento deste, depois, até que o foco se fechou a tal ponto que se tornou um plano sem referências. Assim pude apreciar a natureza daquela pele, pálida, predisposta a se reanimar, com uma qualidade hipnótica que convidava a não pensar. Desde aquele dia, me acostumei a olhar fragmentos dela, abstraindo seu corpo. Mas na salinha do seu apartamento, depois de comer o suculento bife revigorante e esturricado, pela primeira vez olhei seu corpo como uma totalidade.

Percebi, alarmado, que eu era a única testemunha daquele momento. A impressão do corpo de Dina, que já tinha trespassado meus olhos para se infiltrar na minha memória, transformou-se numa responsabilidade, num pacto que sem palavras nem assinaturas me ligava àquela imagem por toda a vida. Imaginei que algo parecido devia se esconder por trás de todo compromisso de fidelidade: imagens do outro que só nós presenciamos e que nos tornam testemunhas e depositários do mais valioso e frágil daquela pessoa, sua existência contingente, que necessita do nosso testemunho para não desaparecer. Uma obrigação de viver conservando os melhores momentos do ser que amamos. Não me senti confortável.

Enquanto ficou de pé, despindo-se, Dina se mostrou magra, quase sem volumes, mas ao se recostar no sofá nasceram nela curvas de sensualidade imprevista, e o triângulo de umbigo e mamilos se transformou numa vela retesada, com seus músculos bem marcados no abdome e alongados nos braços. A cada movimento, a cada torção, aflorava fugazmente uma Vênus nova, ora com o dorso da perna apertado contra a coxa, ora com o ventre que se avultava ao erguer os joelhos. Então uns pequenos cilindros de pele e insuspeitada gordura reverberavam qualquer movimento do resto do corpo.

Quando se debruçou sobre o tecido, verde, rígido, amarelo e artificial, surgiram umas cadeiras poderosas onde antes só a magreza parecia se ocultar. Eu me perguntei como um osso e sua pele podiam curvar-se tanto e com tanta flexibilidade. A pelve se tornou o traço dominante que desencadeava as formas do resto do corpo. As coxas tinham adquirido coerência pela proximidade das cadeiras, ecoavam um ritmo que anunciava ou resolvia o traço poderoso e iluminado do sacroilíaco conforme os olhos se fixassem primeiro nas cadeiras e depois nas coxas, ou ao contrário. Qualquer direção que o olhar tomasse, cada forma do corpo de Dina convidava a compreender a próxima. Assim eu soube que a beleza é totalidade, continuidade que se desenvolve em todas as possibilidades.

Uma vez recostada no sofá, apoiou-se sobre um cotovelo, enquanto seu braço livre caía sobre a cintura, com a mão apoiada no estofamento. Tentei reter também esse instante. Os dois passos que nos separavam produziam uma Dina inteira, completa e nova. Ficamos suspensos por alguns segundos.

Depois ela teve um momento de abandono e se deitou, erguendo o braço que antes descansava sobre o quadril e que, nesse momento de abertura do seu corpo, ficou quase colado à bochecha. Uma sombra modeladora cobria essa parte do rosto de Dina; outra mais clara percorria o braço, mas nas duas a tonalidade pálida da pele vencia a escuridão e se transluzia como um desafio silencioso... sem retalhos que confundissem braço com bochecha.

Desviei o olhar, primeiro para o sofá, depois para a vulva de Dina, que, como o ventre e as coxas, absorvia a luz de um abajur aceso sobre uma mesinha, aos pés da mulher. Olhei novamente todo seu corpo. "Se eu a beijar, aniquilarei este instante único e este sentimento lírico que me inspira."

Eu não estava diante de um corpo perfeito e suspenso fora do tempo: tinha uma cicatriz de vacina; tinha os abdominais muito marcados, por causa do seu trabalho; o elástico da calcinha lhe deixara uma linha rosa velho um pouco abaixo do umbigo; tinha calos nos pés, de tanto ficar em pé no Corso de Porta Vigentina, mas o conjunto em si permanecia alheio à história dos detalhes.

Eu tinha cometido um erro ao me concentrar só numa pequena porção da pele do braço, naquele dia em que a vi debruçada no bar, e estava cometendo outro erro ao reparar em calos e vacinas. Dina era infragmentável; era inútil tentar deduzir alguma coisa dos seus lábios ou seus músculos abdominais, porque ela era o princípio mesmo da unidade. Cada parte do seu corpo existia levando em consideração a que a continuava. Lembrei do meu Nietzsche: "Teu corpo não diz 'eu' mas atua como Eu". Era com ela inteira que eu devia atuar, não com suas fantasmagorias nem fragmentos da sua pele. Senti calor e a calça retesada. Dei um passo na sua direção.

Dina percebeu que eu estava comovido. Fechou os olhos e aproximou os lábios. Peguei a navalha no meu bolso. Saquei-a sem vacilar e lhe cortei uma maçã do rosto. Pude ver o osso por um segundo, antes que se cobrisse de sangue. Também tive tempo de aplicar um segundo corte no rosto, antes que Dina arregalasse os olhos horrorizada, não pelos ferimentos, mas porque não entendia o que estava acontecendo. Lembro que naquele momento pensei que suas cicatrizes seriam vistosas, mas não graves.

Perguntei que comissão ela tinha recebido daquela vez na trattoria, quando me extorquiram com a história de *l'etto*. Ela enterrou o rosto no sofá hostil, que não absorveu seu sangue.

X

Voice assumes mouth, eye, and finally face, a chain that is manifest in the etymology of the trope's name, prosopon poien, *to confer a mask or a face* (prosopon). *Prosopopeia is the trope of autobiography, by which one's name* [...] *is made as intelligible and memorable as a face. Our topic deals with the giving and taking away of faces, with face and deface, "figure", figuration and disfiguration.**

Paul De Man

Viajei com Eligia no dia seguinte. Atrás, abaixo, ficava Milão, misteriosa e minha. No nosso país, os tratamentos se esten-

* "A voz assume a boca, o olho e por fim o rosto, uma cadeia manifesta na etimologia do nome do tropo, *prosopon poien*, conferir uma máscara ou um rosto [*prosopon*]. Prosopopeia é o tropo da autobiografia, mediante o qual o próprio nome [...] torna-se tão inteligível e memorável quanto um rosto. Nosso tema vincula-se com dar e tomar rostos, com cara e descaramento, 'figura', figuração e desfiguração", em tradução livre. (N. T.)

deram por mais alguns anos: o polimento de uma cicatriz, retoques cirúrgicos nas mãos para que ela pudesse abri-las com conforto.

Todos elogiavam o trabalho do professor Calcaterra, principalmente os médicos locais, que escreviam à Itália pedindo a sequência fotográfica. Eligia era — também — uma ilustração em algum tratado de cirurgia, com tarja preta sobre os olhos para não ser reconhecida, ou planos detalhe que só mostravam fragmentos do seu rosto.

Na rua pairava outro ar, bem diferente dos louvores doutorais. As crianças continuavam fixando os olhos na pele de remendos destoantes, na forma desmoldada do seu rosto, enquanto os adultos prorrompiam em enxurradas de elogios — evidentemente forçados — sobre como ela havia ficado bonita. Embora a família lhe oferecesse outra moradia, ela preferiu se instalar no apartamento onde Arón e eu tínhamos vivido. Eu, por meu lado, me mudei para um apartamento de um ambiente — quarto de solteiro — a três quarteirões de onde Eligia morava.

Com a energia que todos já lhe conheciam, ela se somou de volta à vida política, sempre fiel às ideias de desenvolvimento racional da educação. A história jogou com ela um curioso roque. Em 71 soube-se que o cadáver lindo e intacto da mulher do General não tinha sido jogado no rio, como se anunciara em 65, mas permanecera escondido em Milão, num jazigo anônimo, não muito longe da clínica. As duas tinham estado a milhares de quilômetros da sua pátria: uma, perfeita, eterna, enterrada às escondidas e sob nome falso; outra, destroçada, ansiosa por trabalhar, tentando regenerar seu próprio corpo sob o olhar espantado de todos.

* * *

O partido político de Eligia se aliou, na disputa eleitoral que se seguiu, com o do General viúvo. Eligia foi convocada para fazer campanha na província serrana onde seu pai havia sido governador, caudilho... e primeiro e ferrenho inimigo do General.

Eligia enfrentava o dilema entre a memória do pai e a certeza de que nada poderia ser feito sem apoio popular. "Vou à serra para fazer campanha a favor da frente generalista", disse. "O partido de papai" (franco opositor também do pequeno partido de tecnocratas de Eligia) "vai me atacar com toda a força, mas não vejo outra saída... Agora é o momento das reconciliações e das alianças..." Corria o ano de 1973.

O mapa político do meu país fervilhava depois de seis anos de governo de fato. Tentavam-se novas combinações, pactos, surgiam forças inesperadas. Eu, como sempre, não tomei posição nem atitude; cada acontecimento só fazia aumentar meu desconcerto. Do meu país, melhor não falar, como Eligia me recomendara na prisão, quando eu tinha dez anos. Melhor não mencionar nada.

O mapa político da minha família tendia a se transformar num labirinto móvel: os pais de Arón tinham sido conservadores; ele, anarco-individualista stirniano; o pai de Eligia, constitucionalista e furioso antigeneralista; ela, desenvolvimentista e, portanto, agora membro da frente encabeçada pelo General.

Eu a acompanhei ao ato de abertura da campanha na sua província. Falou num pequeno povoado. Cada um dos partidos e partidecos da frente eleitoral tinha inscrito seu orador, portanto a lista era imensa. Quando chegou a vez dela, pronunciou um discurso enxuto, com números detalhados que demonstravam como a educação havia sofrido um retrocesso durante os governos de fato. A audiência não prestou atenção às suas palavras, e quando ela mencionou o "aumento do índice de repetência primária" como dado contundente contra o governo de fato, alguns sorrisos atravessaram o público, misturados com cabeceios sonolentos e bufadas de tédio.

Os presentes só estavam interessados na coragem da oradora, que dava a cara à adversidade, o que era considerado uma virtude muito mais importante que a análise das estatísticas de educação. Mas esse toque pessoal e emotivo era justamente a nota que Eligia jamais iria tanger. Se tivesse feito alguma referência, ainda que indireta, aos seus sofrimentos, teria ganhado o público. Mas não fez.

Despediram-se dela com reconhecimento pelo seu estoicismo; sem o entusiasmo com que se aclama a coragem. O ato prosseguiu envolto em fórmulas retóricas, mas depois houve um churrasco.

No meio da noite, a fumaça dos cabritos crucificados invadia as salas da escola onde se festejava o início da campanha eleitoral. Eligia e eu nos retiramos às duas da madrugada. Ao atravessar o pátio, passamos perto de uma das fogueiras. Uma velha de mais de oitenta falava, rodeada de gente humilde.

*

— Eu posso dar testemunho da Senhora, dessa Senhora que o General trouxe pra nos proteger e benfazer. Vocês tinham que ter visto como eu vi! Uma senhora loira como um sol, bem bonita a Senhora.

— Essa velhinha trabalhou por mais de vinte anos na casa de uma irmã da mulher do General — informou-nos um dos políticos locais, num sussurro.

— O General amou a Senhora enquanto ela viveu e despois de morta também; e é assim que todos temos que fazer. O General

percisou de partir quando lhe fizeram traição. Então seus inimigos aproveitaram pra lhe roubar o corpo da Senhora, que já estava embalsamada, como se diz, e estava feita o anjinho que sempre foi, e aí fizeram aquelas coisas todas com ela. Só Deus sabe as maldades que lhe fizeram! Mas a Senhora foi mais forte e não teve jeito de daninharem seu corpo. Daí tiveram que esconder. E esconderam tão bem que sua gente não atinava a achar o rastro dela. Ninguém sabia ande tinham levado e escondido. Por um bom tempo ficou desaparecida, mas ela mesminha reapareceu — sozinha foi que voltou —, e eu pude ver quando reapareceu, loira como sempre; e apesar de marcada pelo ódio dos inimigos, ela estava branca, angelical e eterna. Dava vontade de acareciar seu corpinho. "É eterna", confirmou o doutor que a insaminou, "só o fogo ou o ácido podem causar-lhe algum dano"... mas eu tenho aqui pra mim que nem o fogo nem o ácido, pois na certa seus inimigos já tinham tentado. Tentaram de tudo, na certa. Eu mesma vi quando ela reapareceu: tinham tentado lhe cortar uma orelha, e tinham batido na sua mandíbula, e quebrado seu nariz, e queimado seus pezinhos, coitadinha! Seus inimigos não sabiam — como a gente aqui sabe — que os golpes e a queimação purificam. Não souberam, não sabiam, que já bem antes ela tinha passado a prova de fogo. Minha patroa — irmã dela —, que me chama de "companheira", me contou um milagre da mocidade. Estavam as duas um dia brincando na cozinha, faz mui muitos anos, quando a Senhora tinha só doze...

— Ouviu? Ela não sabe que "mui" é apócope de "muito" — eu disse a Eligia, baixinho.

Naquele tempo eu ganhava a vida como revisor editorial.

— Escuta!

— ... brincando esbarrou no cabo da frigideira que estava no fogo, e o óleo queimou todo seu corpo de anjinho. Naquela manhã tempestava; por isso que elas estavam brincando na cozinha. A

dor da queimação foi tanta que ela ficou muda, em silêncio, na luz dos relampos. A irmã achou que não tinha contecido nada. Mas quando tocou nela, afastou a mão como se tivesse tocado uma brasa. A pele ardia. Levaram no doutor da vila. Mas apesar da cência seu corpinho de doze anos começou a escurecer, como se queimasse devagar e por dentro. Acabou feita uma crosta que andava, uma imagem que metia medo nas outras crianças. Mas a crosta um dia caiu que nem fosse uma forma, de uma vez, e por baixo apareceu uma pele como nunca ninguém viu, uma Companheira feita na dor e a queimação. Assimzinha ela era... agora, se a gente promessar o voto pra estas eleições e ganhar, ela vai nos milagrar e benfazer pra sempre; vai ficar com seu povo pra sempre, eternamente, como se diz. E vai ser muito milagrosa, essa Senhora, muito protetora, porque é assim que percisamos dela.

*

Eligia, que tinha chegado ao churrasco muito animada e com um rolo de páginas escritas saindo da bolsa, foi assumindo, conforme a velha falava, um ar de passividade desarmada. Nos dias seguintes desistiu de ser oradora de comício. Durante o resto da campanha dedicou-se a tarefas de apoio, num escritório da sede do seu partido.

Depois que a aliança ganhou as eleições, ela recusou vários cargos públicos e preferiu se dedicar a um projeto internacional de pesquisa pedagógica. Tratava-se de analisar a pedido da Unesco a relação entre os estudos realizados pelas mulheres do nosso país e a oferta de trabalho. Ela selecionou uma equipe de universitários de primeiro nível, e se instalaram numas salas cedidas pelo Ministério de Educação, na capital federal. Terminado o trabalho, a funcionária tcheca que fiscalizava o relatório em nome da Unesco parabenizou toda a equipe e publicou o estudo como modelo para outros similares a serem realizados em todo mundo.

Passaram-se quinze meses. Eligia um dia leu no jornal que a funcionária internacional estava de visita no nosso país. Telefonou para ela no hotel e combinaram de se encontrar naquele mesmo dia. Eu as acompanhei, enquanto percorríamos a metrópole de carro. A visitante ficou um pouco assustada quando viu uma manifestação com seus bumbos retumbando, mas logo lhe explicamos que era uma característica típica da vida política local. Já mais tranquila, tirou várias fotos, saboreando de antemão o impacto que causariam quando as mostrasse em seu regresso.

Mais tarde fomos a uma confeitaria. Elas falaram de compras e também de educação. Quando o gelo já tinha se quebrado, depois de várias xícaras de chá e duas travessas de biscoitinhos, a funcionária resolveu tirar a limpo um enigma que a intrigava.

— Há uma coisa que eu não entendo. Três meses depois de terminada sua pesquisa, abriu-se uma vaga na hierarquia da Unesco. Enviei duas cartas ao ministério pedindo seu curriculum, mas a primeira não teve resposta e a segunda foi respondida com o curriculum de uma professorinha de jardim de infância, de vinte e três anos. Olhe, aqui está.

Eligia fez uma longa pausa. Um emprego na Unesco era, sem dúvida, seu maior sonho:

— Não sei o que dizer.

Era uma carta com o timbre do nosso Ministério de Educação e os dados pessoais de uma professora candidatando-se à vaga. Ao título de professora pré-primária, acrescentava alguns pontos por cursinhos de primeiros-socorros e artesanato. Eligia reconheceu o nome da funcionária responsável pela distribuição da correspondência no ministério. A conclusão evidente era que a moça tinha aberto a carta da Unesco dirigida a Eligia, depois que esta havia terminado seu trabalho no ministério, achara a oferta interessante e se postulara por conta própria.

* * *

Depois desse episódio, ela diminuiu seu ritmo de atividades e se dedicou a terminar seu tratamento médico. Um dos últimos detalhes foi a extirpação dos folículos no reverso da pálpebra, que exigiu muitas sessões, porque algumas raízes se esquivavam da eletrocussão e renasciam com incômoda tenacidade. Eligia se preocupava mais com essas depilações do que com outras cirurgias mais importantes. Quando os médicos tiveram certeza de que não restavam mais sinais de pelos, anunciaram o fim do tratamento. Ela havia passado um ano no seu país, com os enxertos de urgência; vinte meses na Itália, com o professor Calcaterra; mais de doze anos depois do regresso, polindo na medida do possível o que o professor começara. Finalmente, todos os doutores estiveram de acordo: não tinha sentido procurar a perfeição, era preciso pôr fim a uma série que — considerando as possibilidades da ciência — seria infinita.

Durante alguns anos, ela se dedicou a administrar uma fazenda e visitar amigas nas estâncias mais remotas dos pampas. Quase todas eram docentes, mas quando Eligia as acompanhava até a escola, um silêncio de olhares se espalhava entre os alunos.

Uma tarde de outubro de 78, ela me mostrou um álbum de fotografias do seu tempo de funcionária, antes de ser vitriolada por Arón. O fotógrafo a captara num evento escolar, enquanto içava a bandeira ou fazia um dos seus discursos recheados de estatísticas. Na imagem parecia feliz. Perguntou-me com angústia:

— Que é que eu faço com tudo isso?

Eu não soube o que responder. Estávamos na mesma biblioteca onde Arón lhe jogara o ácido e onde agora escrevo. As velhas poltronas luís-dezesseis foram trocadas por outras, mas ainda brilham as lacas pretas e cereja da escrivaninha achinesada e o cofre sobre a mesinha. Eu sei que embaixo do tapete novo e de má qualidade restam algumas manchas de ácido nas tábuas do piso.

— E com isso?

Abriu o cofre, onde ela guardava suas lembranças, como as cartas que recebeu dos parentes italianos. Também estavam amontoados ali (embora houvesse espaço nas estantes, porque eu tinha vendido os exemplares pornográficos franceses de Arón assim que voltamos de Milão, e ela não colocara no seu lugar seus pesados volumes de pedagogia e história) alguns dos livros e das revistas que eu tinha lido para ela doze anos atrás, incluída a publicação de história com o texto sobre um combate no passado remoto. Soltas entre os livros, se amarfanhavam uma foto da igreja da Santa Maria no Paraíso, que víamos da nossa janela na Itália, guardanapos de papel com o emblema do estabelecimento, receitas do professor Calcaterra, e um santinho com a imagem da Madonnina, a Virgem dourada que arremata o Duomo de Milão, que ela ganhara do sacerdote da clínica.

Nunca imaginei que ela tivesse adotado uma atitude tão sentimental em relação àquele tempo. Era o mesmo cofre em que Arón tinha guardado as redações escolares dos filhos. Tentei remexer o conteúdo. Vi abaixo os velhos papéis deixados por Arón; por cima os que Eligia acrescentara. Muitos deles se referiam aos filhos. Quase na superfície sobrenadava um paper de um congresso de literatura em que eu tinha apresentado um trabalho sobre a impossibilidade da lírica no nosso tempo. Foi uma tentativa vã de conseguir um cargo de professor auxiliar numa faculdade, apesar de eu não ter título universitário. Minhas monografias foram recebidas com sarcasmo pelos professores jovens, que asseguraram que meus pontos de vista eram obsoletos.

— Que é que eu faço com isso? — insistiu, mostrando-me o cofre aberto. Eu não soube o que responder.

* * *

No dia seguinte pulou da janela do seu apartamento, que tinha sido também o de Arón, mas onde os dois nunca viveram juntos. A trajetória da sua queda foi de leste a oeste, em direção à cúpula atrás da qual o sol se põe.

XI

Justamente na universidade, quando eu estava terminando minha monitoria, reencontrei depois de um mês, em novembro de 78, um literato que eu já conhecia de redações e editoras. Ele comentou que estava interessado em Arón Gageac e seus romances. Fomos ao bar da universidade, silencioso e cuidadosamente pintado.

Era jovem, beirando os quarenta, mas tinha o ar seguro e afável que eu tanto invejava nos meus compatriotas, sem nunca conseguir imitá-lo.

— Não lembra de mim? — perguntou. — Eu trabalhava na Editorial de Mayo, quando você revisava os fascículos de culinária. Não lembra? Você era famoso por revisar sempre de fogo e nunca deixar escapar nada.

— Modéstia à parte, sou um profissional.

— Uma coisa é a fama, e outra a realidade. Naquela coleção de receitas, você se esquecia de verificar se os ingredientes da lista batiam com os que apareciam no texto que explicava a preparação do prato. Depois que você terminou seu trabalho e os fascículos foram para as bancas, as velhinhas começaram a ligar perguntando "que é que eu faço com os trezentos gramas de atum?" ou "onde coloco os quatro rabanetes cortados em rodelas finas?". Erros de ortografia não havia, mas a sintaxe culinária tinha cada buraco...

— Eu precisava trabalhar.

— Claro. Nas receitas você ainda fez uma tremenda confusão entre grão-de-bico, fava, feijão, feijão-branco, lentilha, ervilha... Para você é tudo a mesma coisa?

— E não é tudo mais ou menos a mesma coisa? Ainda hoje não sei distinguir... Mas, em compensação, conheço todos os nomes. Você se esqueceu da ervilhaca, da soja, do feijão-preto, do fradinho, do algarobo e mais uns cinquenta, mas como meu dicionário diz sempre a mesma coisa: "Planta herbácea leguminosa que produz um fruto esférico e comestível, em vagem. Semente dessa planta", como você quer eu diferencie uns dos outros?

Ao notar que os rumos da conversa não me favoreciam, arrisquei um contra-ataque.

— Pode-se saber que tanto te interessa nesses romances pornográficos com enredos que parecem de ópera? Acha que vão te deixar publicar essas coisas nos tempos que correm? — O General tinha morrido e os militares tinham tomado o poder mais uma vez.

— Podem ter sido pornográficos quarenta anos atrás, mas os sistemas de leitura mudaram, toda a recepção dos textos mudou. Quanto aos tempos que correm — baixou a voz — também vão mudar... Não me interessa a técnica literária pura, mas os significados sociossemióticos do texto. O narrador, nos romances de Arón Gageac, não passa de mais um objeto textual, utilizado como referente do sujeito da escritura. Este, na sua candidez semântica, recolhe uma série de signos literários do seu extratexto e os transfere ao texto quase sem transcodificá-los, salvo na sublimação das suas próprias tendências... No caso de Gageac, a sublimação produz ideais, nos primeiros livros... e ressentimentos, principalmente no último, o do ano da sua morte.

— Esse eu não li. Como é?

— Ruim... — vacilou antes de acrescentar umas palavras que por fim não saíram da sua boca.

Continuou com suas reflexões, como se os tecnicismos pudessem protegê-lo de uma situação constrangedora: "Se observarmos o primeiro período da sua obra literária, que coincide com os primeiros passos do autor na ação política, poderíamos aplicar alguns conceitos da crítica atual sobre os romancistas da década de 30, segundo os quais a análise dos personagens revela a decepção pelo fato de o mundo daquela época não ter progredido da forma utópica que esses autores esperavam. Você sabe, a crise de 30 e toda aquela história... A degradação dos personagens nessa década reflete a degradação dos autores. Ambos — personagens e autores — abandonam o prestigioso status de heróis conquistado quinze ou vinte anos atrás e o trocam por uma solidão doentia descolada de todos seus valores, já em ruínas. Com esses escombros eles constroem um ego que se alimenta de metalogismos completamente pessoais. No caso de Gageac, sua alta posição econômica determinou que esse desmoronamento do ego se produzisse num campo social e num período em que os privilegiados sujeitos da enunciação do discurso do poder, os *bacanes*, voltavam à cena com todos seus privilégios. Mas em Gageac, quer seja por vontade própria, quer seja por opção execrativa dos membros da sua classe...".

— Como? — perguntei confuso.

— ... quero dizer que ele ou mandou à merda seus amigos de classe social dos clubes chiques, ou seus amigos é que o mandaram à merda... A autoexclusão da classe social alta que Gageac realizou é única neste país deslumbrado e arrivista, o que torna seu caso interessante para a sociologia... — O literato vacilou, olhou nos meus olhos e continuou: — ... No plano diacrônico, considerando sua evolução, o interesse é mais psiquiátrico do que sociológico. O fato de o seu último livro ter sido ilustrado por um pintor que depois tentou assassinar o Papa prova justamente o atrativo paranoide, subconsciente e iconoclasta até o absoluto, dos ressentimentos de Gageac, que são uma advertência sobre os rumos que o país estava tomando. Nele se manifestam como ressentimentos contra sua própria classe, durante sua atuação política nos anos 30, e se projetam até pouco antes da sua morte, nos anos 60, quando afloram já sem roupagem ideológica, com o autor transformado em emissor de ressentimento e provocação contra qualquer ideal que tivesse ao seu alcance. É o fracasso dos grandes discursos e da razão universal do Iluminismo...

— Desculpa... mas o que é um "emissor"?

— Tem um sentido um pouco mais amplo que o de "enunciador".

— Continuo na mesma...

— Olha, se você trabalha com Austin, é um conceito próximo ao de "locutor", que se opõe a "alocutório" e "delocutório".

— Não conheço Austin.

— Bom... você deve conhecer as categorias actanciais. Nesse campo poderíamos falar em "destinador", aquele que dá as cartas...

— Dar as cartas é bom ou mau?

— Bom? Mau? Não me diga que você ainda se orienta por essas oposições. Você fala como se acreditasse no sujeito, no conhecimento e na ética. Não vai me dizer que é um idealista.

— Não...! Pois se eu não sei nada de Kant...

— Ou pior... Não seria um humanista? Não? — olhou-me com um pouco de pena.

— Não... imagina...! Pois se eu nem consegui terminar as Humanidades... Se eu tivesse escutado minha mãe... Nem te conto as bocas que eu perdi por não saber latim!... Agora estaria cheio da nota e bem longe do famoso Arón Gageac e todas suas "emissões"...

— O que eu preciso — disse o literato — é de um pouco de informação objetiva. Você não sabe se saíram críticas dos livros dele nos cadernos literários da época?

— Não saiu nada, nem para acabar com ele. Ficou marcado nos círculos literários: um cara do contra, traidor da sua classe. Não se esqueça de que, na época, o filho do nosso poeta nacional era chefe de polícia. Quando assumiu o cargo, Arón estava preso por ter organizado alguma arruaça; e foi um dos primeiros que o novo inspetor fez questão de espancar pessoalmente. Bela dupla, não?!

— Quais os amigos do Gageac que ainda vivem?

— Nenhum... Seus amigos duravam semanas, no máximo meses. Ele brigava com todos. No fim, ficou quase completamente sozinho.

— E não guardaram os livros da sua biblioteca?

— Não. Os que tinham algum valor eu vendi... Não me olhe assim, você sabe que eu passei umas marés bravas, semanas a fio à base de genebra e arroz, e às vezes não tinha nem para comprar umas salsichas. Quando você tem um pai que se acha o marquês de Sade e torra toda a grana construindo monumentos à paixão, acaba à base de arroz e salsicha... Que é que eu podia fazer? Sempre morei em conjugados. Como é que eu ia guardar uma biblioteca de tamanho razoável, se nem cabiam dois míseros móveis?

— Cartas? Diários privados? Manuscritos inacabados?

— Ele queimou muito papel antes de se matar... A propósito... você não pode me emprestar um exemplar desse seu último livro?

— Olha... não é bom... Você nem vai conseguir ler.
— Só quero dar uma olhada... por curiosidade.
— O que eu tinha, emprestei.

*

A LOUCA DA CASA NÃO SE RENDE: AS DIFICULDADES DA LÍRICA NO TEMPO DO MERCADO

A atitude lírica, que é uma das possibilidades da existência humana — Goethe a chamava "espécie natural" —, foi duramente golpeada pela recente metástase dos mercados...

A lírica (dá-lhe, Wolfgang Kayser!) nasce da fusão do sujeito com o objeto. Essa possibilidade se oferece como um dos caminhos existenciais unificadores do ser, além da religiosidade, da idiotice e dos estados de consciência artificialmente alterados (numa relação em que a expansão de um desses caminhos, como os das alterações artificiais ou a idiotice, implica o desaparecimento dos demais, como o misticismo ou a lírica)...

Como tudo que é nuclearmente humano, o trabalho lírico é solitário, e por isso menosprezável, enquanto não é processado e tergiversando pela indústria cultural. Esse assédio do mercado ao coração do homem foi combatido pelos artistas com retiradas estratégicas ("a poesia não vende") ou criações que não deixam nenhum produto apropriável (happenings, performances). As filosofias de hoje associam o lírico à negação da pluralidade, ao elitismo ou ao irracionalismo. O antídoto é Goethe. O pensador alemão se opôs à arte como vontade desatada, antes mesmo que Schlegel concebesse o Eu absoluto do irracionalismo romântico. A lírica goethiana nasce de uma espécie particular de saber. Para precisar a natureza desse saber, vale recordar Karl Löwith, que destaca dois eixos do pensamento goethiano: primeiro, o caráter criador e autônomo do sentimento lírico refere-se sempre a uma obra coletiva (a catedral "Bárbara" de Estrasburgo ou a canção popular), não a um eu panteísta e absoluto; segundo: o lírico se reconhece numa Natureza (nesse caso, o Mediterrâneo da Antiguidade), que representa, na visão goethiana, o fazer e o padecer do homem numa unidade perceptível: "em uníssono, o homem capta o mundo a partir de si mesmo e a si mesmo a partir do mundo"...

O lírico prescinde das relações sociais, é autossuficiente, é emitido e recebido na solidão, na intimidade sagrada apenas dividida com o sagrado; sua voz é um silêncio prenhe de significados negativos: não pretende que o amor se resolva em sexo, não pretende que a morte se esconda no consumo eterno, não pretende que a melancolia se disperse no turismo. A palavra que o lírico pronuncia pode apenas tatear os contornos de seu próprio núcleo, posto que a atitude lírica nasce sem diálogo, mas o fundamenta no limite do silêncio e do grito...

O núcleo do lírico permanece alheio ao tempo e à contradição. Em sua excentricidade, destrói a lógica, a gramática, as racionalidades, posto que em seu caráter de atualização primária nunca se rende às sistematizações...

Por mais que os universitários de hoje não prestem atenção ao fenômeno lírico, os poderosos da terra o reconhecem imediatamente por sua capacidade de explodir todo seu sistema, incluindo créditos e televisores. Essa é uma característica muito tenaz do gênero em questão, justamente por não ter a intenção de explodir nada nem de transgredir, e muito menos a intenção de dominar ou se vender. A lírica nunca confiou na História, no Progresso, na Revolução, no Mercado nem na Cultura. Ela realiza o ideal do encontro com a Natureza e com nossos semelhantes, sem destruí-la nem dominá-los. Nenhuma dessas palavras com maiúscula pode dizer o mesmo. Só o fenômeno místico oferece uma atitude semelhante.

O lírico se enuncia como uma oferta lançada ao acaso, sem expectativas de recepção. Evita a comunicação de massas e muitas vezes também o eu-tu. É uma oferta sem condições, marcada pela predisposição do sujeito e não pelo preço de mercado, é uma oferta que, em vez de submeter-se à demanda, apresenta-se à liberdade.

XII

?, ? janeiro de 1979

Volto ao apartamento onde moraram Arón e Eligia, mas não Arón com Eligia. Abro as janelas para dissipar os meses de ar trancado. As correntes de calor passeiam pelos quartos. Vim pegar os objetos que pertenceram a Eligia antes que o apartamento seja posto à venda. Demoro-me na cozinha e na sala de jantar, mexendo em louça sem importância. Sinto cheiro de umidade e clausura, mas não há odor de alimentos nem temperos. Encontro algumas garrafas abertas do licor barato que Eligia usava nas sobremesas, e uma, quase no fim, de uísque, daquela mesma forte marca escocesa preferida de Arón. Como não valem o trabalho de carregá-las, decido beber tudo.

Só quando a tarde começa a cair e sua luz penetra através das plantas secas da sacada, que ninguém regou desde outubro, é que eu consigo entrar na biblioteca. Amarro em pacotes os poucos livros que restam. Finalmente abro o cofre. Embaixo do meu paper, numa camada estratigráfica incerta, que não permite saber quem o guardou, encontro o último romance de Arón.

Devoro o livro enquanto dou cabo de um licor com coloração de romã translúcida e passo a outro, opaco e espesso. O livro é uma torrente de absoluto ressentimento. O que nos anos 30 foi elogiado pela sua "capacidade de arriscar-se por inteiro", terminou, no início dos 60, num grito de rancores estentorosos: ele odiava as mulheres, os atletas, o Papa, os judeus, os leitores, os ianques, os revolucionários, os amigos, os empresários, os jornalistas, as pessoas prepotentes, as pessoas servis, os ciganos, os intelectuais...

Leio: "Por que não rejeitar o filho gerado mais por curiosidade do que por desejo? Que obrigação de amar o nascido? Eles que carreguem sua vergonha, e não eu seu perdão".

Tento imaginar que lugar pode haver para mim nesse texto, e não encontro nenhum. Tento, também, rejeitar por completo qualquer coisa que me vincule a essas letras impressas e ao seu autor. A indignação me faz estremecer. Releio algumas passagens: ele foi muito além dos beberrões de plantão, construiu um espaço em que é impossível reconhecer um limite. Abriu um deserto onde não se veem suas fronteiras, um gênero de mal que já não precisa se exercitar na agressão, porque se fechou numa esfera onde não cabe o humano; um mundo narcisista, que cria a si mesmo, que corta toda relação, toda perspectiva, toda reunificação. Escolheu olhar para o vazio, o grau zero da esterilidade, produzir onde não se produz nem se admite nenhum defeito, porque reconhecer um defeito já implica admitir a existência de alguma perfeição: o grau zero da esterilidade. Para chegar voluntariamente ao deserto, Arón desfez seu amor por Eligia e sua trajetória política resgatável dos anos 30.

No seu vínculo com esses dois temas cruciais — mulheres e política — existe uma diferença. Sua agressão ao feminino se apoiou em motivos egoístas. Como todos os homens da sua época, ele se julgava superior a qualquer outro em questão de mulheres, e desde muito jovem se ressentia com elas por não ser o amante exclusivo de todas.

Já no plano político, parecia bem encaminhado, altruísta... Por que ele acabara atacando tudo aquilo pelo qual havia lutado?

Já sem muita lucidez, tento eu mesmo esboçar uma explicação. Suponho que suas primeiras investidas tiveram origem num sentimento autêntico mas contraditório em relação à sua classe. Por não encontrar na política o freio de outra voz, como no amor encontrava o freio de outro corpo, entregou-se aos ideais com mais ingenuidade do que planos. Foi preso e apanhou. Conheceu o ódio; gostou dele mais que dos ideais, e nunca mais o abandonou. Para piorar, durante os anos mais difíceis da década de 30, foi um dos poucos que permaneceram na luta. Quando essa época infame passou, seus próprios correligionários o evitaram, por causa do seu temperamento violento, e não lhe reconheceram nenhum mérito. Até o velho Presotto, o pai de Eligia, governador da serra, ordenou sua prisão por rumores de que andava metido em outra conspiração e mandou revistar a fazenda que Arón tinha naquela província e apreender as duzentas armas que encontraram ali escondidas, parte na enorme tumba de "duzentos pés" onde jazia o cadáver despedaçado e queimado da sua primeira esposa — a que tinha caído durante um raide aéreo —, parte na escolinha para os empregados, onde Eligia deu suas primeiras aulas. Depois que ele saiu dessa prisão que o velho Presotto lhe infligiu, casou-se com a filha dele, na época com dezesseis anos. Assim uniu sua megalomania sexual ao seu ressentimento político. Quando decidiu se separar definitivamente, vinte e oito anos mais tarde, tratou de antes escrever este livro que tenho nas mãos...

* * *

A explicação não me convence muito; qualquer outra também me pareceria insuficiente. Entre o homem que construía escolinhas e monumentos ao amor de mais de setenta metros de altura e o que jogava ácido na sua amada há uma evolução que não consigo entender. Meu fracasso por compreendê-lo me prende a ele.

Repetidas vezes vejo associadas sua aberrante queda ideológica e sua separação de Eligia e o ácido que lhe jogou. "Como alguém pode fazer mal a uma mulher indefesa?", pergunto-me estupefato.

Arón escreveu este livro que tenho nas mãos enquanto vivia comigo, só nós dois. Tento recordar esse tempo. Conversávamos pouco e bebíamos muito. Eu desprezava seus escritos e me esforçava por me diferenciar dele, mas tinha compartilhado voluntariamente a atmosfera insana deste apartamento, e talvez contribuído com ela. Agora a opção parece ser, para mim, ou parricida da sua memória e ressentido por herança, sem benefício de inventário; ou vulgar imitador no copo e no tiro. Não posso ficar somente na negação de Arón. Preciso virar essa história do avesso.

"Como ele pôde fazer mal a uma mulher que o amou tanto?", perguntei-me poucos minutos atrás: como eu mesmo fiz, por duas vezes, em Milão, com Eligia e com Dina. A tormenta de Arón arfa dentro de mim. Todas as reflexões que elaborei a respeito de Arón valem também para mim. Parece a única porta que ele me deixou entreaberta. Percebo que essa abertura para o abismo permanecerá pelo resto da minha vida. Não sei o que vou fazer com ela, mas acima de tudo não sei o que ela vai fazer comigo.

* * *

Quero me movimentar; passou da meia-noite. Num saco de lixo, vou jogando os cremes para a pele de Eligia e toda a maquiagem com que ela tentava disfarçar os enxertos. No fundo do mesmo armário do banheiro encontro os perfumes que pertenceram a Arón, concentrados depois de catorze anos de quietude. Também estão ali todos os seus artigos de higiene, exatamente como ele os deixou, sem que Eligia, durante os doze anos em que ela viveu aqui depois do suicídio de Arón, nem eu durante meu regresso de oito meses antes de viajar à Itália, tenhamos mexido neles. O velho barbeador ainda tem pelos do último barbeado.

Depois chega a vez do dormitório. As gavetas do guarda-roupa conservam na superfície as severas blusas de Eligia, mas embaixo estão as camisas amareladas de Arón, de colarinho e punhos rígidos, que já eram anacrônicas nos anos 60. Nos cabides pendem os tailleurs dela junto aos ternos trespassados e mafiosos dele. Eligia não se desfez de nenhum dos pertences de Arón. Os objetos dos dois se acomodaram juntos durante doze anos.

De repente me bate uma dúvida, com mais força do que qualquer certeza. Será que ela leu o último livro dele? Comparo as datas. "Impossível!", penso com alívio; foi impresso poucos dias antes da agressão e nunca foi distribuído, como certamente também não acontecerá com este texto, se o resto da minha família o descobrir. Mas não posso negar que — como as camisas e os ternos no guarda-roupa — o volume permaneceu no cofre durante os doze anos em que também Eligia guardou ali suas lembranças de papel. Será que o leu e abominou o texto mas amou o homem? Que sentimentos confusos teria experimentado? Ou foi tão sábia que nem sequer abriu o livro? Há candidez quando se aceita o convívio com o mal? Que terrenos são esses dos quais nunca ninguém fala? "Se amamos sem limites um outro que não o merece, cedo ou tarde a grandeza desse amor transformará o outro em alguém digno desse amor." Não me venham com sermões! O que acontece se esse "tarde" está mais além da nossa vida e do nosso entendimento? Estou no ponto exato em que Deus não é mais um sermão e se torna uma necessidade. Peço-Lhe misericórdia na sua ira inteligente, que leve a bom porto minha história heterogênea e grotesca.

Volto à biblioteca e vou até a sacada. Está coberta de folhas secas. Dou uma olhada na cúpula em sombras e nas árvores do miolo do quarteirão. Trinta metros abaixo dos meus olhos está o jardim onde Eligia caiu e se espatifaram as habilidades do professor Calcaterra. Alguns reflexos permitem ver "damas de noite" e gerânios em flor: só fragmentos. Uma corrente parece me puxar para o vazio. Tampouco Arón e Eligia parecem livres depois do suicídio. Desisto, e me invade uma sensação rica de possibilidades. Recordo um caminho livre, de noite, numa colina a milhares de quilômetros desta biblioteca.

Por mais enxertos, queloides e retalhos que tenha sofrido, Eligia (eu devia começar a chamá-la de "mãe", ou algo assim como "mamãe"; na realidade, é por onde todos começam) sempre achou em Milão um resto de força para enlaçar seus dedos nos meus, para tentar sorrir-me sem lábios, com aquele sorriso tímido e esforçado que era sua única possibilidade de sorrir. Foi na sua carne que — goste ou não goste — Arón me concebeu. A interpretação de São João, como foi feita por aquele sacerdote que pregou para nós em Milão, está errada; não existe carne indiferente. A carne serve: porta prazer ou porta sofrimento. Em ambos os casos, traz outro consigo, um amante ou um torturador, e compartilha seu destino com outro. O mal tem, afinal de contas, vontade, mas também a tem o nosso tempo, por mais insuficiente que ele seja. Volto à biblioteca, com suas estantes vazias.

Aos trinta e seis, me convenço de que desperdicei tudo. Se doze anos atrás terminou para mim o tempo das metáforas, agora termina o tempo das desculpas. Nestes últimos meses não topei com nada vital, salvo esta decisão de voltar da sacada para a biblioteca nua. A única coisa que veio ao meu encontro desde o suicídio de Eligia são textos, alguns para consolo, outros para me angustiar. Minha saúde não está à altura das esperanças que trago da sacada; eu me afastei demais da vida; vomito todos os dias. Cedo ou tarde eu também serei apenas um texto; não resta muito mais a fazer. Escrevo estas linhas, e esse frágil impulso de fazê-lo é tudo o que ainda pode ser chamado, para mim, "vida" ou "ação" ou "possibilidades".

Eu me instalo na lembrança de Dina como numa barraca. À sua maneira, ela se dedicou aos outros — amantes ou torturadores — ou, em geral, uma mistura confusa dos dois. Entregou-se aos desejos daqueles que a desejavam; ela os acariciava como eles queriam; até os roubava, quando essa era a conduta que eles esperavam. Comigo, aparecia e desaparecia com uma exatidão angélica, sempre me pegando pela mão, levando-me e deixando-me no lugar decisivo, para que eu pudesse — se assim quisesse — levantar-me e abraçá-la. Quando constatou que eu não era capaz de retê-la, abandonou sua qualidade angélica e fantasmal para me amar: eu a destrocei. Sinto a gravidade destas suas imagens que voltam a mim depois de ficarem caladas por tanto tempo. Elas me excitam até um ponto indigno. É de reconciliação que estou falando.

FIM

Fontes

A meia-língua de alemão, italiano e inglês empregada em rajadas de texto não tem nenhuma sistematicidade; simplesmente tentei deixar, na minha língua, marcas de que se fala em outros idiomas que não domino. Os versos de Goethe provêm da balada "Der Schatzgräber" [O cavador de tesouros]. O manifesto "La hora de la lucha ha llegado!" [É chegada a hora da luta!] foi publicado na *Tribuna Libre* em 6 de setembro de 1933 e reproduzido no livro *Por qué me hice revolucionario*, de Raúl Baron Biza (Montevidéu: Campo, 1934). Minhas memórias de viagem foram restauradas por *Milano* (Novara: Instituto Geografico DeAgostini, 1990). Alguns fragmentos do artigo jornalístico do capítulo IV foram sugeridos por "Aquí yace Eva Perón", Buenos Aires, janeiro de 1966 (no romance, só os parágrafos em itálico seguem textualmente o artigo da revista *Panorama* n. 32). Não existe o livro *The Goddess You Will Be* mencionado no mesmo capítulo. O artigo histórico é ficcional, mas alguns episódios, como o do militar obrigado a olhar as cabeças dos companheiros degolados, ficaram vivamente gravados na minha memória, embora não recorde a fonte. Para redigir o sermão do capítulo VI consultei principalmente o *Diccionario de teología*, de Louis Bouyer (Tournai: Desclée, 1966; versão em espanhol de Ed. Herder, Barcelona). As *Orações fúnebres*, de Bossuet, estiveram na minha lembrança. A citação do capítulo IX sobre a "cara do mensageiro" provém da mãe de Martín Buber, segundo *La vida de Martín Buber*, de Maurice Friedman (Buenos Aires: Planeta, 1993). Alguns conceitos sobre a cultura hebraica também foram tirados dessa obra. A epígrafe do capítulo X provém de "Autobiography as De-Facement", em *The Rhetoric of Romanticism*, de Paul De Man (Nova York: Columbia University Press, 1984). Muitas das expressões pronunciadas pela velha *criolla* no mesmo capítulo foram tiradas das recopilações de *Leyendas argentinas*, de Berta Vidal de Battini (Buenos Aires: Culturales, 1984) e do *Léxico*, de Julio Viggiano Esain (Córdoba: Universidade Nacional de Córdoba, 1969). As expressões provêm de diferentes regiões, portanto procurei montar umas páginas "*pancriollas*", sem verossimilhança linguística. As citações do capítulo XII provêm de *Punto final* e *Todo estaba sucio*, de Raúl Baron Biza (Buenos Aires: Ed. de autor, 1941 e 1963; o último com ilustrações de Benjamín Mendoza). O texto sobre a lírica foi apresentado com o mesmo título que no romance, numa versão mais extensa, nas III Jornadas de Literatura de la Cultura Popular (Jorge Baron Biza, Córdoba: Universidade Nacional de Córdoba, 1996, pp. 238-44). Tive de fazer algumas alterações para adaptá-lo cronologicamente (no romance, é publicado vinte anos antes) e integrar seu sentido ao da ficção. A citação no mesmo texto provém de *De Hegel a Nietzsche*, de Karl Löwith (Buenos Aires: Sudamericana, 1974).

NOTA: Originalmente, fui registrado como Jorge Baron Biza (Registro Civil de Buenos Aires, 1067, 22 de maio de 1942). Cada vez que meus pais se separavam, a consciência feminista da minha mãe a levava a acrescentar-me o Sabattini de sua família. Meu nome atual é Jorge Baron Sabattini. Não sei se "Jorge Baron Biza" deve ser considerado meu outro sobrenome, meu patronímico, meu pseudônimo, meu nome profissional, ou um desafio.

JBB, 1998

ESTA OBRA FOI COMPOSTA PELO ACQUA ESTÚDIO EM ELECTRA E IMPRESSA
EM OFSETE PELA LIS GRÁFICA SOBRE PAPEL PÓLEN NATURAL DA SUZANO S.A.
PARA A EDITORA SCHWARCZ EM AGOSTO DE 2023

A marca FSC® é a garantia de que a madeira utilizada na fabricação do papel deste livro provém de florestas que foram gerenciadas de maneira ambientalmente correta, socialmente justa e economicamente viável, além de outras fontes de origem controlada.